KB155713

손으로 쓰고 그린

호주 40일

밥장

작가. 일러스트레이터. 여행가. 지은 책으로《떠나는 이유》,《밤의 인문학》,《나는 일러스트레이터다》,《유엔아동권리협약을 만나다》,《맥주 맛도 모르면서》(공저),《내가 즐거우면 세상도 즐겁다》 등이 있다. 평범한 회사원을 때려치우고 비정규 아티스트란 이름으로 먹고산 지 십 년이 훌쩍 넘었다. 자기보다 그림 잘 그리는 사람이 너무 많다는 걸 깨닫고 기막힌 그림으로 끝장을 보자는 생각은 깨끗이 지웠다. 대신 그림을 통해 할 수 있는 재미나고 가치 있는 일들을 찾아보고 있다. 최근 친구와 함께 통영에 집을 짓고 낭창낭창하게 바닷마을 다이어리를 쓰며 보내고 있다.

손으로 쓰고 그린

호주 40일

글·그림 밥장

시공사

"밥장, 호주 가지 않을래?"

올해 초 허영만 화백과 저녁을 먹었다. 한정판 노트를 만들어준 사장이 마련한 자리였다. 초등학교 대본소에서《무당거미》를 읽은 뒤로 꾸준히 좋아했다. 그만큼 어려운 분이라 입은 꾹 닫고 귀는 활짝 연 채로 조심스레 와인만 홀짝거렸다. 사장하고 이야기 나누다가 느닷없이 내게 호주에 함께 가자고 하였다. 다음 날 아침 메신저로 왕복 항공권을 받았다. 알고 보니 오래전부터 '집단 가출'이란 이름으로 여행을 다니고 있었다. 요트로 우리나라 해안을 한 바퀴 돌았고 자전거 전국 일주도 했다. 뉴질랜드와 캐나다도 다녀왔다. 올해는 캠퍼밴을 타고 멜버른에서 사막을 가로지른 뒤 다윈을 거쳐 퍼스까지 가는 계획을 세웠다. 기업으로부터 협찬도 받아두었다. 와우.

4월에 출발할 예정이었는데, 다른 일정과 건강 문제로 두 차례 연기되어 8월 말이 되어서야 떠났다. 처음엔 여덟 명이었지만 두 명이 빠졌다. 형님(허영만), 봉주르(형님의 오랜 친구 김봉주), 총무(아웃도어 브랜드에서 갓 퇴사한 정상욱), 용권 형(사진과 동영상을 맡은 정용권), 태훈 작가(일정 챙기고 글 쓰려고 뉴질랜드에서 온 김태훈) 그리고 막내 밥장까지. 이렇게 여섯 명이었다. 40일, 24시간 내내 차 안에서 먹고 자야 하는데 막내라니. 사십 대 후반에 막내라니. 와우. 친구들은 이번엔 별수 없이 그림보다 요리가 먼저라며, 그래도 작가와 가니까(게다가 협찬이라니!) 얼마나 좋으냐며 위로 아닌 위로를 해주었다. 이렇게 된 마당에 막내 노릇 하면서 허영만과 형님들을 관찰하기로 마음먹었다. 그들은 정말 존경받아 마땅한 사람들일까. 혹시 '꼰대'는 아닐까. 만약 그렇다면 어떤 행동으로 날 제대로 실망시킬까. 갑자기 흥미진진해졌다.

이 책은 여행일기이며 관찰일기이다. 현장에서 손으로 쓰고 그린 페이지를 빠짐없이 그대로 가져왔다. 오타와 비문도 그대로 옮겼다. 늘 급하게 쓰다 보니 일일이 존칭을 붙일 수 없었다. 형님들과 읽는 분들 모두 너그럽게 봐주시길 바란다. 여행을 마치고 바뀐 게 있다면 술을 끊었고 길고 지루했던 길이 그리워졌으며 막내보다는 혼자 다니는 게 훨씬 낫다는 걸 배웠다는 점이다. 그리고 형님들이 훨씬 좋아졌다. 허영만 화백은 말할 것도 없다.

2017년 통영에서

밥장

차례

8월 22일(화) ~ 8월 30일(수)

8월 31일(목) ~ 9월 7일(목)

9월 8일(금) ~ 9월 14일(목)

9월 15일(금) ~ 9월 21일(목)

9월 22일(금) ~ 9월 27일(수)

lasseter highway

01 예행연습

7월 20일 목요일
무덥다, 정말.

7월 20일 (목) 무덥다 정말

- 집단가출 호주횡단여행 한달전 '예행연습'하러 모이다. 40일동안 모터홈(캠핑카)에서 지내려면 가기 전에 한번 체험해 봐야 한다-(는 명분으로 모여 고기를 구웠다 ㄱ. 여주카라반은 캠핑카가 가득했다. 그런데 우리집보다 더 컸다(면 거짓말이고 도저히 차량으로 끌고 갈 크기는 아니었다.) 뭐 예행연습을 한다고 달라질 것도 없다. 맞닥뜨리고 버티기. 그게 여행이고 모험이고 팀웍 아니겠는가? 에어컨은 빵빵했고 고기는 맛있었고 찌개는 조금 짰다. 매너는 최상급이었다. 남자들만 우글거렸는데 전혀 상스럽지 않았다. (그러니까 여성멤버가 영입되면 좋겠다.) 허영만 선생님, 어떻게 좀 안될까요?

02 출발

8월 20일 일요일
심하게 비가 내린다. 그래도 여름은 끝자락으로.

서울 → 시드니
대한항공을 타고 10시간, 약 8,300킬로미터를 이동하다.

서울, 시드니를 거쳐 멜번까지
torquay caravan park 에서 첫날밤을 보내다.
오늘 이동거리 : 150km
총 이동거리 : 150km
8월 20일 (일)
· Seoul → sydney
대한항공, 10시간
약 8,300km
darwin
katherine
broome
port hadland
coralbay
tom price
carnarvon
shark bay
perth
alice springs
uluru
cooberpedy
sydney
8월 21일 (월)
환승
port augusta
adelaide
melbourne
약 700km
torquay
8월 21일 (월)
torquay caravan park
첫날밤을 보내다.
8월 21일 (월)
maui에서
캠퍼밴을 빌리다.
첫번째 시장을 보다.
torquay는 서핑하는 친구들에겐
성지나 다름없다. 호주 대표 브랜드인
<RipCurl><Quicksilver>가 태어난 곳이다.
이른 아침 두터운 패딩을 입을 정도로 추웠지만
서퍼들에겐 그저 추울 뿐 파도타는데는 큰
방해가 되지 않았다.

저도 어디 가면 형님 소릴 들어가며 지갑 여는데
여기선 막내예요.

8월20일(일) 심하게 비가 내린다. 그래도 여름은 끝자락으로

· 출판사와 제목을 어떻게 할지 미팅을 했다. 허영만선생님과 태훈작가. 용현작가가 함께 쓰는 책은 요소독스한 여행책이 될거라 귀뜸해주었다. 그럼 나는? 먼저 그림을 넣고 음... 그다음엔 음... 사장님은 그때부터 작가님이 알아서 하시고 싶은대로 하라며 공을 넘긴다. 이런. 뭐라도 이야기 해야될것같아서 '꿈과 희망. 우리여행멋지죠. 이거 안통해요. 누가 어르신들과 함께 40일동안 캠퍼밴에서 지내고 싶겠어요. (심지어 꼰대면 악몽이죠!) 저도 어디가면 형님소릴 들어가며 지갑 열고 가오잡는데 여기선 막내에요. 낡.은.막.내.요. (그리고 저도 비즈니스석 참 좋아한다구요. 또 밥장이라서 밥 하는거 여기가 무슨 군댑니까? 초등학교에요? 성이 강씨면 무조건 별명은 강가딘이고 (라고 속으로 말했다.)

그래서 제목은 어떻게 되었냐고?

"젠장. 낡은 막내잖아!!"

사장님은(분명 그럴리 없겠지만) 형님들이 '그짓'을 하시면 가감없이 써도 된다며 씨익 웃는다. 뭐야. 이 표정은...
(비행기가 춤을 춘다. 글씨도 덩달아 엉망이다. 젠장)
사실 수많은 어르신을 만났지만 참 본받고 존경할만한 분이라고 떠오르는 분 그리 많지 않다. 오히려 정나미 떨어지는 징글징글한 사람들이 더, 훨씬 더 많다. 한마디로 꼰대천국이다.

'내가 그거 해봐서 아는데 말이다.'
'그게 아니라,...'
'아직 젊어서 그래. 지나면 알게 돼!'
'평양냉면에 누가 그렇게 식초를 많이 뿌려'
'열심히 하라고. 못사는덴 다 이유가 있지.'
'이거 다 내가 한거야.'
'아직 내가 나서야 일이 돌아가거든.'

아. 끝이 없다. 맨스플레인에서 '먼가스플레인'까지.
그럼 같이 간 어르신들은 어떤분들일까? 허영만선생님은 꼰대일까 아닐까. 이렇게 생각하니 갑자기 재미가 확 밀려온다.
특히 사회적으로 성공한 분이라 더욱 궁금해진다. 요즘에는 잘 키워서 살이 오르면 그제서야 뜯어먹는다. 성공한 사람이 알고보면 갑질했다거나 선행과 기부를 벗삼은 사람이 룸이나 단란주점에서 성매매한다거나. 그러면 얼씨구나 싶어 신나게 달려든다. 그래야 신나거든. '내가 바보라서 모자라서 이렇게 사는게 아니라 성공한 사람들은 까보면 정말 나쁜, 정말 나쁘기 때문에 저기까지 간거거든.'
이런 위로가 되기 때문은 아닐런지. 어쨌거나 아직 우리 동행하는 분들이 이렇다는 이야기는 결코 아니다. 여행하는 동안 '어떤 분'인지 지켜볼란다. (아 왠지 이중스파이가 된 기분이...)

"젠장. 낡은 막내잖아!"

2장 - 킹스캐니언, 사막을 달리다
DANGER
CROCODILES
NO
SWIMMING
8월 31일(목) ~ 9월 7일(목)

5장 스트로마톨라이트
코랄 베이,
그리고 퍼스
9월 22일(금) ~ 9월 27일(수)

8월 22일(화) ~ 8월 30일(수)

8월 22일 화요일
바람이 쌀쌀한데 화창해요!

토키Torquay에서 와남불Warrnambool까지 그레이트 오션 로드Great Ocean Road라고 부른다. 해안 절경이 끝내주는데, 우리는 내륙으로 달렸다. 두고두고 아쉬웠던 여정이다.

torquay에서 12사도바위로.
고래를 찾아 바닷가를 달리다.

오늘 이동거리 : 241km
총 이동거리 : 391km

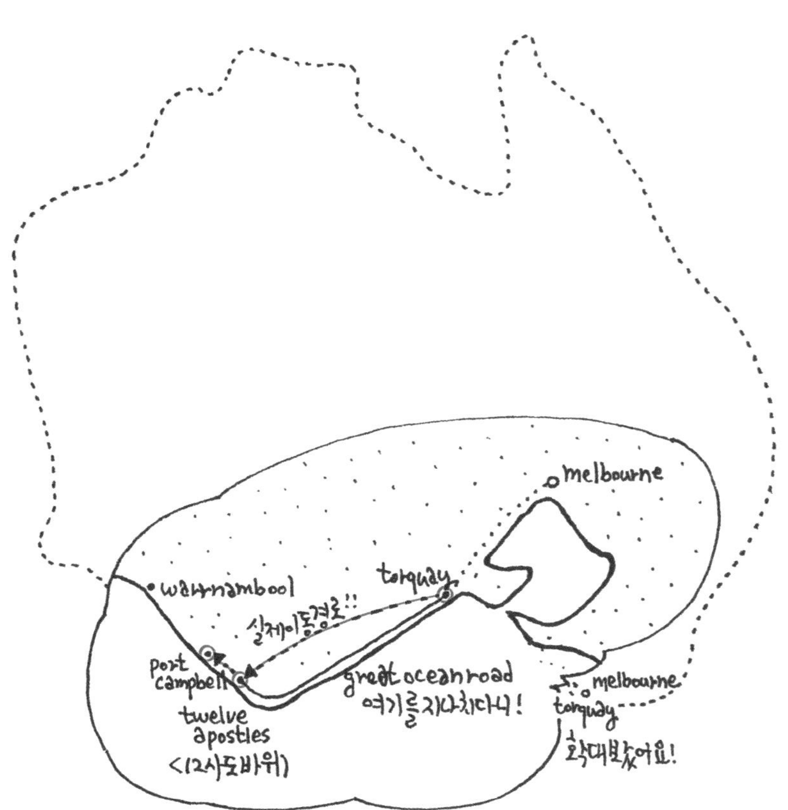

torquay에서 warrnambool까지
<great ocean road>라고 부른다. <great ocean road>
그런데 우리는 애써 내륙으로 달렸다.
아직 네비에 익숙하지 않은데다
본격적으로 운전하는 첫날이지 않았는가.
두고두고 아쉬웠던 여정이다.

어제는 바빴다.
캠퍼밴을 빌리고 마트에서 장을 보았다.
…
공동으로 가져온 짐을 두 차에 나눠 실었다.
티셔츠, 양말, 수건, 휴대폰, 케이스까지 다양하게 준비했다.
(역시) 어르신들은 가끔 필요 이상으로 꼼꼼하시다.

8월22일(화) 바람이 쌀쌀한데 화장해요! (원정2일차)

- 어제는 바빴다. 캠퍼밴을 빌리고 마트에서 장을 보았다. 2조로 나누었다. 1호차는 일하는차. 2호차는 건전음주(?) 차. 1호차에는 염만형님. 태훈씨. 반장 2호차는 총무님, 용권형님 그리고 한량(!). 공동으로 가져온 짐을 두 차에 나눠 실었다. 티셔츠. 양말. 수건. 휴대폰, 케이스까지 다양하게 준비했다. (역시) 어르신들은 가끔 필요이상으로 꼼꼼하시다.

* Twelve Apostles (12사도바위)
Port Campbell National Park 안에 있는 멜번 최고 명승지(!)
멜번에서 차로 2시간 반 거리 바닷가다. 오는 길은 사람 보기 힘들었는데 여기 다 있었구나 싶을 만큼 북적거린다. 한국인관광객도 무지하게 많다.
에피소드. 한국인관광객 아재들이 단체로 오셨다. 2시간반 버스타고. 그러자 한 아저씨 '마. 촛대바위 아니가. 우리동네에도 안좋은데 곧이 여까지 왔나. 환불해도' 라고 흥분하셨다고. 문제는 아저씨가 선택하셨다는거. 딱 명승지만 보겠다고 일정잡으셨잖아요. 과정은 중요하지 않잖아요. 명승지만 붙인 다큐 보셨어요? 없습니다! 좋은경치는 5분이면 충분해요. 오면서 걷기도 하고 생각도 하고 맛있는거 먹기도 하고 여차하면 쉬기도 하세요. 그래야 재밌죠.

아무리 빵 먹고 굶는다 쳐도 누군가 빵을 사와야 된다.
또 빵만 있으면 되나!
버터도 발라야 하고 가끔 잼도 찍어야 한다.
계란후라이도 구워야 한다.
…
여행이란 진짜 자잘한 허드렛일이 모인 것뿐.
장소가 익숙한 곳이 아니다 뿐이지.

Warrnambool 가는 길에서

• Torquay에서 Twelve Apostles 까지 달리고 점심은 라면으로 해결하다. 다시 Warrnambool 까지 달리다.

아침차리고 점심차리고 마트에 들러 장보고 저녁을 차렸다. 이동하는 시간보다 시간이 더 걸렸다. 왜 어머니들과 아내가 집안일이 얼마나 힘든지 답답해하는지 어렴풋이 알겠다. 형님들은 설거지가 많거나 밥하는데 시간이 걸린다고 하면 그저 하지말자, 줄이면 된다며 마무리하려 든다. 문제는 일을 나누자는 건데 말이다. 아무리 빵먹고 굶는다쳐도 누군가 빵을 사와야 된다. 또 빵만 있으면 되나! 버터도 발라야하고 가끔 잼도 찍어야 한다. 계란후라이도 구워야 한다. 이렇게 말씀드렸더니 봉주르형님은 조용히 마트에 가서 일회용접시를 한가득 사오셨다. 와우. 형님. 5분만 나눠주시면 저희는 10분을 벌어요. 그리고 여행하면서 허드렛일을 줄이는 건 불가능하다. 여행이란 진짜 자잘한 허드렛일이 모인것뿐. 장소가 익숙한 곳이 아니다 뿐이지. 저녁에 카레를 먹으며 회의를 했는데 점점 성토하는 마당이 되었다. 아직 37일이나 남았다. 무려 4천 킬로 가까이 되는 사막도 건너야 한다. 지금 이 멤버 그대로 말이다.

어르신들이여, 요리를 배워라!
그래도 라면은 잘 끓인다는 말. 재미도 없고 감동도 없다.
한두 가지라도 좋다.
기회가 될 때 '짠' 하고 먹여줄 수 있는 요리를 만들어라.

허영만 형님 짤,

"늙어서 외로운게 아냐. 고집때문에 외로워지는거야."

• 아침은 계란후라이에 파를 잘게 썰어 뿌렸다. 노란 노른자와 흰자만으로는 심심해서 배색을 해보았다. 형님도 맛있다고 하셨다. 상욱형이 한창 후라이하는데 건너왔다. 평소 계란이라면 사족을 못쓰는 달걀덕후다. 한자리에서 3, 4 알은 거뜬하다. 한 사람 앞에 2개씩 모두 6개를 만들었다. 게다가 예쁘게 배색까지 해놨으니 군침이 당길 수 밖에 없었을 듯. 형님 눈빛을 봤는데도 후라이 대신 날계란 6개를 손에 쥐어드렸다. 말없이. 형님도 약간 당황하셨다. 눈빛이 잠깐 흔들리더니 이내 평정심을 되찾고 소중히 품고 2호차로 돌아가셨다. 뒷끝은 저녁 먹고 나서 돌아왔다.

"후라이를 줄줄 알았는데 생계란 여섯 알을 주더라고."

문제가 된 쵸쥐산 뒷끝 후라이

• 어르신들이여. 요리를 배워라!
그래도 라면은 잘 끓인다는 말. 재미도 없고 감동도 없다. 한두가지라도 좋다. 기회가 될때 짠하고 먹여줄 수 있는 요리를 만들어라. 잘 끓인 된장찌개. 고슬고슬한 맛. 제때 건네낸 파스타. 다 좋다. 남들에게 인정받지 못해도 괜찮습니다. 적어도 나를 위한 제대로 된 한끼를 내게 대접할 수 있으니까.

맛. 상상했다. 봉주르형이 요리하는 진풍경을...

"호주에서 어르신은 약자로 여깁니다
그런데 우리나라는 손윗사람, 대접해야할 분들이죠.
어르신들도 비슷하게 여기구요. 호주는 달라요.
약자니까 돌봐주는겁니다. 그러니까 더
고마워한다구요."
– 태훈작가 짤.

무의식의 흐름.

졸면서, 아니 자면서 쓰다.

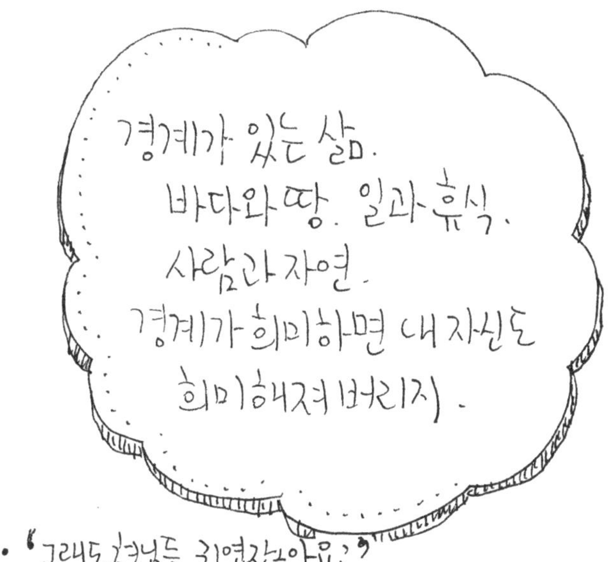

• "그래도 형님들 귀엽잖아요?"
태훈작가가 굴 까먹으면서 한마디 던진다. 단정짓는 건 무중하나다.

---

* 허영만 짤.
"잘 안될수록 살살해. 안 그러면 그쪽이 다치거든. 원하는대로 되지도 않고."

• 의자를 침대로 바꿀 때 바닥에 뼈대를 빼서 침대다리로 만들어야 했다. 그런데 새 차라 그런지 무척 빡빡했다. 우격다짐으로 빼려고 애쓸 때 툭 던졌다.

더욱더 수다 떨고 싶어. 아니면 이제 그만하지?
(물론 후자다.) 귀여우니까 대충 마무리하고 그만 자자. 이정도?
설거지 안 하고 지치게 꼼꼼하고 가끔 세월호 이야기도 하시면서
귀여움이라니. 허나 막상 만나보면 뭔가 있다. 생떼 쓰는
어린이가 술잔을 기울이면서 잘도 재달린다!!
(졸려서 그만. 호주와서 아직 사막 근처도 못 갔는데도..)

• 아침은 각자. 점심은 사먹고 저녁은 함께 해먹고,
— 마트에서 장 보는 건 내가! (그리고 계산은 총무님이:)
— 하지만 아직까지 완전히 합의된 것 아니라. 지켜봐야지

무의식의 흐름
졸면서 아니 자면서 쓴다

8월 23일 수요일
흐림. 앞으로 사막 가면 그리워질 날씨.

와남불은 남방긴수염고래Southern Right Whale를 볼 수 있는 최고의 장소다. 우리는 네 마리 봤다. 왜 고래 이름에 'Right'가 붙었냐고? 사냥하기에 '딱 좋다'고 그렇게 붙였단다. 멸종위기종이 될 수밖에 없는 이름이란 생각이 든다.

warrnambool에서 southern right whale-남방참고래를 영접하다.

오늘이동거리: 391km
총 이동거리: 782km

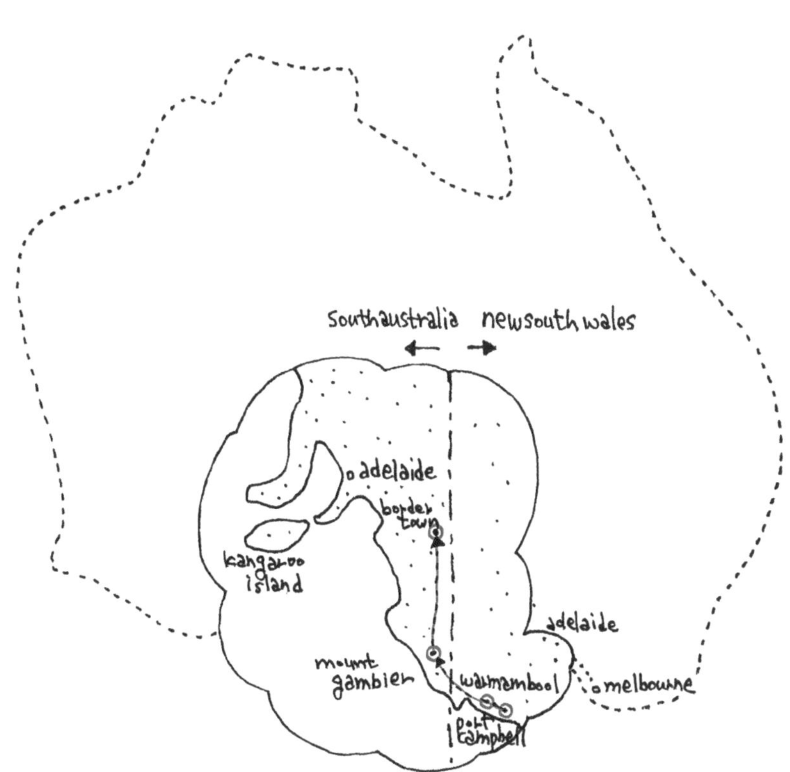

warrnambool은 southern right whale을 볼 수 있는 최고의 장소다. 그중에서도 logan's beach가 으뜸이다. 5월에서 9월까지 주로 머무른다. 아기고래를 이 바다에서 돌보기 때문이다. 제때 온 덕분에 엄마고래와 아기고래까지-물론 꼬리와 지느러미를 보았지만-볼 수 있었다. 왜 고래이름에 'right'이 붙었냐고? 사냥하기 '딱' 좋다고 그렇게 붙였다. 멸종위기종이 될 수밖에 없는 이름이란 생각이 든다.

"Did you see the fin?"

"Oh, yeah."

8월 23일 (수) 흐림. 앞으로 사막 가면 그리워질 날씨 (원정 3일차)

• Warnambool 고래 볼 수 있는 포인트. 남극에서 온 southern right whale 들의 쉼터라고. 운 좋으면 열댓 마리도 볼 수 있다. 우리는 네 마리 봤다. 호주에선 어디서든 쉽게 경계를 만난다. 바다세계를 바닷가에서 만났다. 고래는 우아했고 마치 슬로우비디오처럼 움직였다. 유치원 아이들은 고래 몸통이 언뜻언뜻 보일 때마다 까르르 웃는다. 선생님도 거든다. 'Did you see the fin?' 'Oh, yeah.'

* 태훈 작가 짤

"하루에 하나씩이면 충분해요. 많이 보면 되레 무뎌져요."

마운트갬비어에 들러 물건을 사고
블루호에 들렀다.
…
너무나 짙고 푸르러 이 물을 마시면
푸른 피가 흐를 것 같았다.

* 허영만 짤

"늙으면 변덕스러워. 그러니 이해하려고 하지 말고 그냥 외워."

· Great Ocean Road의 포인트는 빼놓지 않고 둘러보았다. 그럴려고 한건 아니었는데. 점심은 좋은 쉼터에서 차를 대고 아침에 미리 준비한 샌드위치를 커피와 함께 먹었다. 우리 차 옆에는 원목을 두 개를 연결한 트럭이 쉬고 있었다. 화장실은 남/녀 male/female 트레이너 이 아니라 male/unisex로 구분되어 있었다. 물기가 없는게 이 동네 청결, 청소였다. 그래서 나도 화장실을 쓰고 세면대 물기를 닦았다. 길가에는 죽은 캥거루, 캥거루들을 심심찮게 보았다. 대가리만 뭉개지고 몸통은 온전한 녀석도 보았다.

· mount gambier에 들러 물건을 사고 blue lake에 들렀다. 이 동네 주민들이 사용하는 상수원이었다. 너무나 짙고 푸르러 이 물을 마시면 푸른피가 흐를것 같았다. 밑에는 화산재가 깔려있고 Limestone이 빙 둘러있었다. 화산이 만들어놓은 튼튼한 저수탱크였다.

Bordertown caravan park

· 두번째 캐러밴 운전. 처음에는 차폭이 어느정도인지 감이 없어서 헤맸다. 그래서인지 스티어링휠이 자꾸 왼쪽으로 쏠리는 기분이 들었다. 자꾸 왼쪽으로 붙다보니 길 바깥 흙바닥을 물고 지났다. 옆에 탄 태훈작가가 급하게 손을 오른쪽으로 파닥거렸다. 아직 덜 친했기 망정이지 쌍욕을 들을 뻔했다. 하지만 오늘은 운전 잘 한다며 이제 좀 편하다며 양심고백을 했다. 길이 멋있으니 운전도 재미나다.

8월 24일 목요일

비 오고, 맑고, 또 비 오고, 맑고, 추웠다.

타일렘 벤드Tailem Bend라는 작은 마을에서 점심을 먹고 출발할 때, 아슬아슬한 사고와 마주했다. 정말 한순간이었다. 여행, 아니 인생 마지막이 될 뻔한 순간이었다.

첫번째 위기! 그리고 와이너리에서 큰 선물을 받다.

오늘 이동거리 : 352km

총 이동거리 : 1,134km

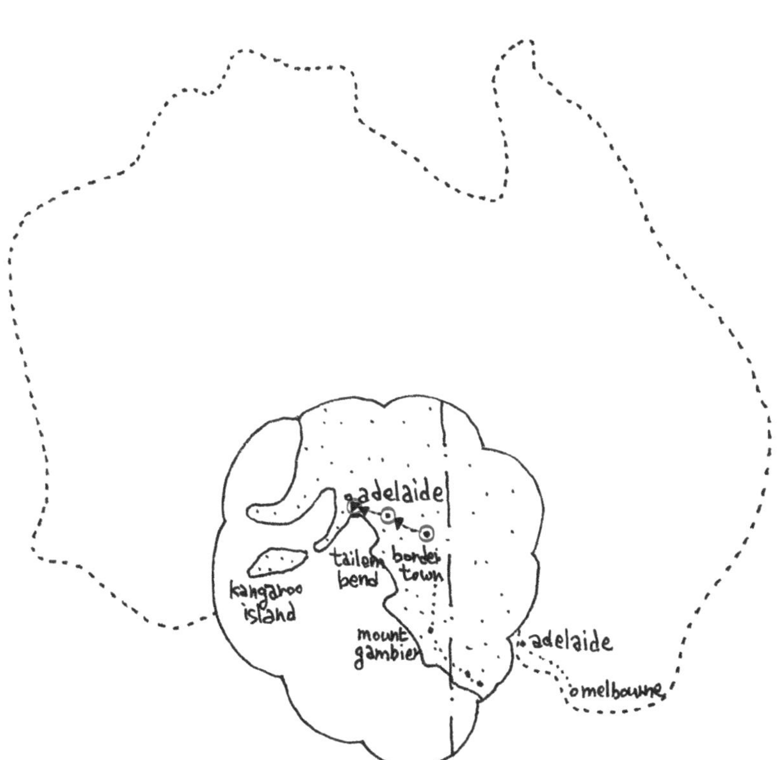

tailem bend라는 작은 마을에서 점심을 먹고 출발하는 순간을 잊을 수 없다. 앞서 신호를 기다리던 2호차가 오른쪽에서 달려오는 거대한 road train을 보지 '않고' 우회전을 해버렸다. 아슬아슬하게 지나쳤지만 하마터면 오늘이 여행 아니 인생 마지막이 될 뻔했다. 놀란 가슴은 와이너리에 와서야 겨우 달랠 수 있었다. 왜냐하면 큰 선물이 기다리고 있었으니…

운전을 하면 먼저 중앙선이 항상 내 오른쪽에 있어야 한다.
그리고 차체가 커서 약간 지나치다 싶을 정도로
오른쪽에 붙어야 한다.

…

좌우 회전을 하려면 항상 오른쪽부터 봐야 한다.
그리고 무심코 스티어링 휠을 돌렸다가는
오른쪽에서 달려오는 차를 못 보고 그대로 부딪힐 수 있다.
오늘 그랬다.

8월 24일(목) 비 오고 맑고 또 비 오고 맑고 추웠다

· 운전을 하면 먼저 중앙선이 항상 내 오른쪽에 있어야 한다. 그리고 차체가 커서 약간 지나치다 싶을 정도로 오른쪽에 붙어야 한다. 안 그러면 왼편이 길 밖으로 빠져나가기 일쑤다. 조수석에 탄 사람은 그때마다 히악거리며 놀란 마음을 삼키고 가슴을 쓸어내린다. 날씨가 변덕스러워 아침에는 히터를 켜야 한다. 비가 내리면 와이퍼를 켜야 하고 낮이 되면 더워서 에어컨을 켜야 한다. 한낮엔 해가 눈부셔서 햇빛 가리개를 창문에 붙여야 한다. 게다가 스마트폰으로 구글 내비게이션도 확인해야 한다. (구글 내비는 음성 지원도 된다. 그런데 '우회전' '좌회전' '직진' 말이 짧다. 게다가 약간 짜증스러운 말투다. 모르니까 내비 켜죠. 알면 그냥 가죠. 그러니 조금만 친절하면 안 될까?)

· 좌우회전을 하려면 항상 오른쪽부터 봐야 한다. 우리나라와 반대다 보니 '신경 쓰지 않으면' 왼쪽부터 본다. 그리고 무심코 스티어링 휠을 돌렸다가는 오른쪽에서 달려오는 차를 못 보고 그대로 부딪힐 수 있다. 오늘 그랬다.

봉주르가 운전하겠다고 해서 운전석에 앉았다. 그리고 첫 번째 교차로에서 사달이 났다. 뒤에서 운전했기에 그 순간을 똑똑히 보았다. 캠퍼밴은 급하게 우회전을 했고 '오른쪽'에서 달려오던 초대형 트럭은 깜짝 놀라서 경적을 울렸다. 정말 한순간이었다. 조금이라도 늦게 빠져나갔더라면... 아우.

(조수석에 탄 용권형은 목이 굳었고 뒤에 탄 총무는 얼굴이 샛노랗게 변했다)

"어우. 생각하기 싫지만 부딪혔다면 총무는 즉사. 난 일주일 골골대다 갔을 거야."

총무 짤

형님. 전 이런 식으로 생을 마감하고 싶지 않아요~ ㅠㅠ

달리다 보면 자연스레 우리나라랑 비교하게 된다.
나도 모르게 대한민국이 삶의 기준이 되어버렸다.
작은 세계에서 만든 기준으로
세상을 애써 재단하려 든다.
…
이제는 기준을 바꾸고 싶다.
아니, 없애고 싶다.
머릿속을 탈탈 털고 나서 세상을 다니고 싶다.

• bordertown에서 출발해서 tailem bend에서 점심을 가볍게 먹고 mclaren Vale에 있는 hardy's 와이너리에 들른다. 설명은 됐고 다들 '그래서 와인은 얼마나 줄건데?'에 관심이 쏠렸다. 40일동안 횡단한다고 하니까 시원하게 카트에다 박스째 싣고 왔다. 예에! 하루에 전세계에서 3백만 잔을 홀짝거리는 hardy's 호주와인. 달리는 내내 달려 보자구! (음주운전은 결코 안됩니다!!)

• 달리다보면 자연스레 우리나라랑 비교하게 된다. 나도 모르게 대한민국이 삶의 기준이 되어버렸다. 그게 두렵고 짜증난다. 작은세계에서 만든 기준으로 세상을 애써 재단하려든다. 유채밭을 지나면 제주와 비교하고 목장에서 소와 양들이 뛰놀면 대관령을 떠올린다. 이제는 기준을 바꾸고 싶다, 아니 없애고 싶다. 머릿속을 탈탈 털고나서 세상을 다니고 싶다. 다시 reset!!

---

* 허영만 짤.

"다 먹고 왜 한조각씩 남기는줄 알어? 그건 '눈안주'거든." ...

8월 25일 금요일
애들레이드는 화창하다.

오늘은 140년의 역사를 자랑하는 재래시장인 애들레이드 센트럴 마켓Addelaide Central Market에서 장을 보았다. 채소는 싱싱하고, 고기는 싸고 훌륭했다. 커피는 진했다.

이런저런 일이 있었으니 오늘은 휴식! 그런데 과연 그럴수 있을까?

오늘 이동거리: 0km

총 이동거리: 1,134km

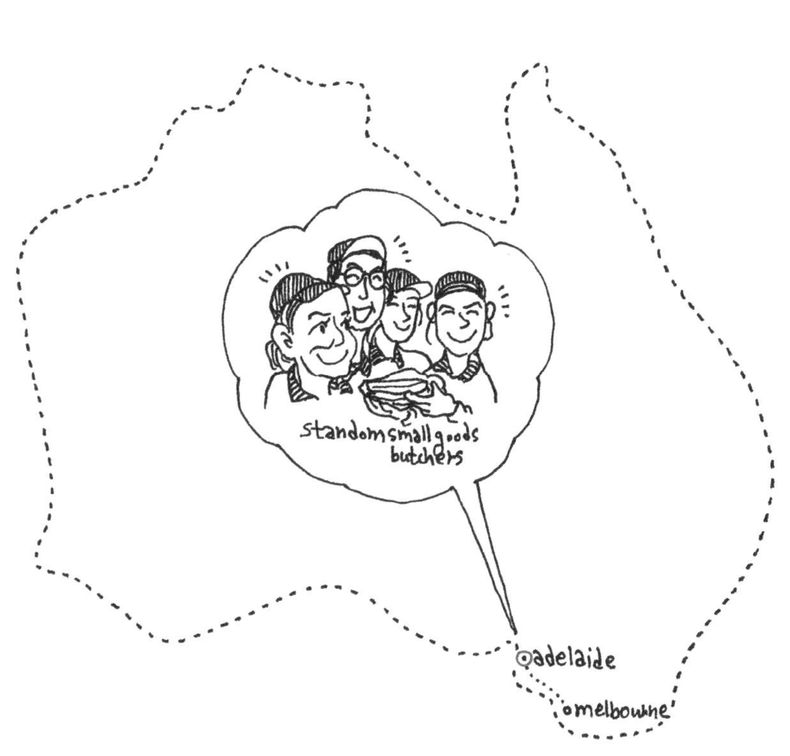

adelaide 근처 mclaren vale에 위치한 tintara winery에서 무려 8박스!를 협찬받았다. 모두 내이름 때문이 아니라 영만형님덕분이었다. 저녁내내 와인을 홀짝거렸더니 이제야 놀란가슴이 진정된다. 오늘은 central market에서 장을 보았다. 무려 140년*이 넘었다! 시장은 오래되어서 채소는 싱싱하고 고기는 싸고 훌륭했다. 커피는 진했다. 진짜 맛있는 커피는 역시 남이 타주는 커피다!

(1870년 1월 22일 처음 열었다. 홈페이지 참조)

오늘은 '아무 일정 없이' 하루 쉬기로 했다.

9월25일(금), 애들레이드는 화창하다

maui

adelaide caravan park

- 오늘은 '아무일정 없이' 하루 쉬기로 했다.
  시드니 거쳐 멜번까지 와서 바로 캠퍼밴을 빌려 달렸다. 피로가 적잖이 쌓였다. 사막을 만나기 전 정비도 해야하고 장도 넉넉하게 봐야한다. 무엇보다 덜 피곤해야 한다. 그래서 과감하게 아무것도 안 하기로 했다. 덕분에 새 소리도 들리고 팡팡탕 기운차게 이불도 턴다. 차가운 공기가 개운하다. 시간이 약이다.

태훈작가 왈 (사막을 달리면서)
"마치 지루한 프로그램을 보고 앉아있는 기분이에요. 근데 절대 졸면 안되는."

느지막하게 일어나서
무척 게으르게 아침을 먹었다.
돼지고기볶음에 화이트 와인까지는 뭐.
거기에 계란후라이, 어저께 싸서 넣어둔 샌드위치,
일회용 국에 햄까지.
형님 표현을 빌자면 '야만스럽게' 먹었다.
다음부터는 고기, 계란, 햄 메뉴는
예상보다 훨씬 더 넉넉하게 준비해야지.

· 그렇지만 아무일도 없다면 집단가출이 아니다. 느즈막하게 일어나서 무척 게으르게 아침을 먹었다. 총무와 용권형 그리고 봉주르는 이때다 싶을만큼 무섭게 아침을 먹었다. 돼지고기볶음에 화이트와인까지는 뭐. 거기에 계란후라이, 어제께 싸서 넣어둔 샌드위치, 일회용국에 햄까지. 형님 표현을 빌자면 '야만스럽게' 먹었다. 다음부터는 고기, 계란, 햄 메뉴는 예상보다 훨씬 더 넉넉하게 준비해야지. 어린이 입맛, 아무리 맨스플레인이라 해도 결국 어린이 입맛이구나 싶다.

· 아침을 먹고 느즈막하게 시내를 걸어서 둘러보다. 몇가지 챙겨야했다. 데이터확보를 위해 유심칩 사기, 태훈작가가 좋아하는 월남국수 먹기, 채소와 고기사기. 하지만 무엇보다 중요한 건 건멸치였다. 형님이 며칠전부터 멸치와 조리하지않은 구운김만 있으면 기막힌 반찬을 만들 수 있다고 하였다. 한번으로 끝나지 않았고 횟수도 자꾸 늘었다. 자꾸 듣다보니 조금 무서웠다. 왠지 강한 집착, 해드리지 않으면 맛있는 멸치를 못 먹어본 걸로 끝나지 않고 집요하게 이야기하고 또 이야기하겠구나 싶었다. 진짜 무서웠다. 나보다 우리 멤버들을 먼저 겪은 태훈작가는 말없이 아들레이드 한국 슈퍼를 검색했다. 건멸치. 있었다! 전화로 확인 또 확인하고 마트에 갔다. 진짜 있었다! 우리도 고통이지만 너희들도 참 욕본다. 호주까지 굴러들어와 우리한테 먹히다니. 형님이 참 맛있게 할 수 있다며, 먹어본 동생들은 껌뻑 죽는다며 신나게 이야기할때마다 총무는 귀에 대고 조용히 '담백하다'고 귀띔해주었다. (맛 프로그램을 만드는 PD가 가장 싫어하는 리액션이 바로 '담백하다'이다.) 결국 멸치는 샀고 김은 다행히 며칠전 지인에게 받았다. 형님. 이제 빨리 먹고 잊으시지요!! 아니 우리가 잊고 싶어요!

영만짤

"여긴 영감들도 영어를 하는구나!"

8월 26일 토요일
사막 입구부터는 벌써 지루할 만큼 맑다.

포트오거스타Port Augusta를 지나면서 사막이 시작된다. 땅은 점점 평평해지고, 하늘은 조금씩 넓어진다. 그런데 벌써부터 지루한 건 기분 탓인가?

드디어 사막이다!

오늘 이동거리 : 515km

총 이동거리 : 1,649km

port augusta를 지나면서 사막이 시작된다. 땅은 점점 평평해지고 하늘은 조금씩 넓어진다. 그런데 벌써부터 지루한건 기분탓인가? 다행히 lake hart가 멋진 풍경을 보여준다. 단 호수이지만 물이 없다는것. 대신 하얀 소금밭이 끝도없이 펼쳐진다. 크게 지도에 표시된 곳도 아닌데도. 그리고 앞으로 기름을 채워주고 배를 채워줄 사막 한가운데 오아시스인 로드하우스를 처음으로 들렀다.

오늘부터 진짜 사막 횡단이다.

…

시력이 눈에 띄게 좋아진다.
무엇보다 땅보다 하늘이 차지하는 영역이 많다.
땅은 못 가져도 하늘은 마음껏 가질 수 있지 않을까?

9월26일(토) 사막입구부터는 벌써 지루할 만큼 맑다

· 오늘부터 진짜 사막횡단이다. 애들레이드에서 포트 오거스타 Port Augusta 까지 달려가서 점심을 먹기로 하다. 300킬로미터로 서울에서 진주까지 거리다. 북쪽으로 올라가는거라 그런지 눈에 띄게 식생이 변한다. 나무들은 점점 짧아지고 초록바닥은 점점 흑갈색으로 바뀐다. 시야는 점점 넓어져 지평선에서부터 트럭이 달려오는 게 보인다. 시력이 눈에 띄게 좋아진다. 무엇보다 땅보다 하늘이 차지하는 영역이 많다. 땅은 못가져도 하늘은 마음껏 가질 수 있지 않을까? 그런데 도시에서는 하늘이 때로 땅보다 인색하다. 하지만 여기선 결코 그럴 일이 없다. '하늘을 달리다'가 더 이상 시적인 상상이나 비유가 아니다. 이제부터 멋지게 지루한 길을 달린다.

· 장을 볼때마다 느끼지만 식료품이 정말 저렴하고 질이 좋다. 좋다는 말이 저렴하게 들릴만큼 제대로다. 상추는 두툼해서 우두둑거릴 만큼 탱탱하고 버섯은 칼로 저밀때마다 풍미가 느껴진다. 고기는 말할것도 없다.

KANGAROOS NEXT 14 km

pimba spud's roadhouse

· 애들레이드 중앙시장 adelaide central market은 150년 이상되었다. 안정된 도시라는 명성이 괜히 생긴게 아니다. 생기있고 깨끗하며 질서가 있다. 무엇보다 붐빈다. 그래서인지 냉동보다 냉장고기를 골랐고 브랜드보다 주인이 매력적인 치즈를 담았다. 특히 채소는 일품이었다. 양파, 파, 상추, 호박, 마늘, 당근, 버섯, 아스파라거스, 고추... 조금이라도 필요하다 싶으면 담았다.

발을 내딛으면 그저 어둠만 있다.
발이 어둠 속에 사라진다고 해도 알아차릴 수 없다.
블랙이 사방에 깔린다.
달빛마저 사라지면 하늘은 온전히 별이 차지한다.
…
별을 보면서 스르륵 잠이 들었다.

• 발을 내딛으면 그저 어둠만 있다. 발이 어둠속에 사라진다고 해도 알아차릴 수 없다. 블랙이 사방에 깔린다. 달빛마저 사라지면 하늘은 온전히 별이 차지한다. 마치 그들이 주인공이라는 사실을 인정하듯 캐러밴들은 겸손하게 불을 내린다. 주먹만한 별, 별이 쏟아지는 밤하늘이 진부하지만 달리 떠오르지 않는다. 밤하늘은 거대하고 은하수는 지평선과 맞은편 지평선을 이어주듯 아치처럼 펼쳐진다. 그리고 별들은 밤눈을 밝혀주고 밝아진 밤눈은 숨어있는 별빛을 꺼내본다. 차마 문을 열고 나가기에는 두려워서 조용히 창문을 열었다. 그리고 자리에 누워 창밖 하늘을 바라보았다. 별을 보면서 스르륵 잠이 들었다.

Spud's Roadhouse. Pimba

lakehart rest area

8월 27일 일요일
이제부터는 맑다. 그것밖에 없다.

쿠버페디Coober Pedy는 말도 안 되는 동네다. 인구는 3,500명에 불과하고 사방으로 먼지가 가득하다. 한여름에는 50도가 넘는다. 그럼에도 44개 국적을 가진 사람들이 모여 있다. 이유는 하나, 오팔 때문이다.

일확천금을 노리는 새로운 골드러쉬의 땅, coober pedy 로!

오늘 이동거리 : 406 km (기름 넣으러 왕복 80km를 다녀오다)

총 이동거리 : 2,055 km

골드러쉬는 아직 끝나지 않았다. coober pedy는 말도 안 되는 동네다. 인구는 3,500명에 불과하고 사방으로 먼지가 가득하다. 한여름에는 50도가 넘는다. 그럼에도 44개 국적을 가진 사람들이 모여있다. 이유는 하나. 오팔 때문이다. 도시 주변에만 백만 개가 넘는 구덩이가 있다고 한다. (믿거나 말거나)

<John's Pizza Bar & restaurant>는 마을 사람들이 떠나지 말라며 아끼고 홍보하고 부지런히 먹어준다고. (역시 믿거나 말거나)

조금씩 도와주면 그만큼 다른 사람들이 편해진다.
반대로 내가 조금 편한 만큼 다른 누군가는 애를 써야 한다.
함께 떠나는 긴 여행은 늘 제로섬 게임이다.

8월27일 (일) 이제부터는 맑다. 그것밖에 없다.

- -

'오늘은 그리 멀지 않아요'
Lake Hart 에서 Coober Pedy 까지 '고작' 300 킬로미터 밖에 안된다.
오늘은 영만형님이 운전대를 잡았다. 호주 와서 처음 운전석에 왔다.
사막은 길이 하나고 차들도 거의 없다. 그저 중앙선을 오른편에 두고 110킬로
를 넘지 않고 달리면 된다. 덕분에 짬이 나서 캐러밴을 청소하고 접시 정리하고
이메일과 페이스북을 체크했다. 조금씩 도와주면 그만큼 다른 사람들이 편해진다.
반대로 내가 조금 편한 만큼 다른 누군가는 애를 써야 한다. 함께 떠나는
긴 여행은 늘 제로섬게임이다.

· 2호차 기름이 한눈금밖에 남지 않았다. 일단 내일 해결하자고 하며
오늘로 미루었다. 용권형이 아침부터 1호차로 건너와 하소연한다. 어젯밤
자기 전에 789 (7시 기상. 8시 아침. 9시 출발)로 정했는데 총무는 5시반에
일어나 부스럭거리고 봉주르는 6시에 배고프다고 하고. 할수 없이 일어나
밥 다 챙기고 사진 찍으려고 하는데 총무는 기름 어떻게 할거야. 기름부터
넣어야지. 기름, 기름. 기름타령이다. 하나에 꽂히면 순서나 일정 따위
중요치 않다. 하든 안하든 할때까지 얘기하고 또 이야기한다.
기름 넣어야지. 기름. 결국 9시가 되기도 전에 40킬로미터를 되돌아가서
기름을 넣고 돌아왔다. (용권이형 그래도 난 1호차 탈래.)

· 사막에서 신기루를 보았다. 마치 땅에 하늘이 스며드는 것처럼 보였다.
멀리 보이는 길이 마치 '물'에 젖은 듯 반짝거렸다. 이래서 오아시스로 착각하는구나.
바싹 마른 소금호수가 푸른 물이 꽉찬 호수로 보이는구나.

- -

영만짤
"다들 착각 속에 살어. 동안이라는 이야기에"

- -

그들은 오팔 때문에 떠나지 못한다.
잡힐 듯 잡히지 않는 무지갯빛 보석 오팔.
오늘도 섭씨 40도가 넘는 더위에
먼지 가득한 마른 바람만
무지개 도시 위로 불어온다.

UNDERGROUND COMPLEX

P.O. BOX 372 COOBER PEDY SA 5723

TELEPHONE (08) 8672 5288 • FACSIMILE (08) 8672 5731

EMAIL: umoona@ozemail.com.au

Coober Pedy
오팔박물관

'whiteman' + 'hole'

동굴 호텔에서 묵다.
더위를 피해 땅속으로 들어간 게 계기가 되다.
차 안에서 일을 마치고 방에 가는데, 문이 잠겨 있다.
새벽 2시라 문을 두드릴 수도 없고
할 수 없이 차에서 잤다.

· 동굴 호텔에서 묵다. 더위를 피해 땅속으로 들어간게 계기가 되다.
차안에서 일을 마치고 방에가는데 문이 잠겨있다. 새벽 2시라 문을
두드릴 수도 없고 할 수 없이 차에서 잤다. 샤워라도 해봐서 다행.
환기구멍/굴뚝
OPAL BUYER
OPAL BUYER
MOTEL UNITS 6,7&8
Radeka downunder hotel
in coober pedy
· 상남자는 궂은 일도 마다하지 않는다. 제가 싼 똥은
누구의 손을 빌리지 않고 스스로 처리한다. 캐러밴
안에서 똥은 금기이지만 급하면 써야한다.
다행히 똥통 안에 정화주머니를 넣기에 똥냄새는
나지 않는다. 하지만 색깔과 양감은
그대로다. 태훈 작가
앗. 건더기...
· 물만 따로 판다. 1달러 동전을 넣으면 수수기(!)
에서 150리터가 나온다. 생각보다 물이 많이
든다. 특히 화장실에서 소변보고 나서 물내리면
그냥 내려간다.
WATER
24 HOUR
COIN OPERATED
This is a 20 Cent Coin
Operated Water Dispenser
Supply of Water is Timer Activated & Occurs
While Green Light is ON and Supplies
Approximately 30 Litres for 20 Cents
Caravan & Motor Home Users are Advised to
Attach a Hose Fitting on the End of the Nozzle to
Avoid Damage by Pressure to Water Tanks
green light
1 dollar

8월 28일 월요일
언제나 그랬듯이 해맑다.

아무것도 없다! 괜히 사막이 아니다. 오늘은 캐러밴 파크Caravan Park가 아닌 노숙! 사막에다 그냥 차를 대고 잠을 잔다. 우리가 불을 끄면 보이는 곳 모두 암흑이 된다. 암흑과 침묵. 그게 진짜 밤이다.

사막 한가운데로 들어서다. 그리고 길에서 자다. northern territory 에서 보낸 첫날밤.

오늘 이동거리 : 514km

총 이동거리 : 2,569km

아무것도 없다! 괜히 사막이 아니다. 로드하우스만이 바싹 마른 운전자들을 위해 물과 기름을 채워준다. 오늘은 caravan park가 아닌 노숙! 사막에다 그냥 차를 대고 잠을 잔다. 보이는 곳에 오직 우리팀과 나무들 그리고 은하수 뿐이다. 우리가 불을 끄면 보이는 곳 모두 암흑이 된다. 진짜는 소리가 없다는 것. 암흑과 침묵. 그게 진짜 밤이다.

캥거루나 동물이 느닷없이 튀어나오면
피하지 말고 치라고 알고 있다.
하지만 알고도 브레이크를 밟지 않고
동물을 튕기며 직진하려면
마음이 꽤나 단단해야 한다.
말하는 것만큼 결코 쉽지 않다.

8월 26일(월) 언제나 그랬듯이 해맑다

· 쿠버페디 동굴호텔에서 출발해 말라 Malla 로드하우스에서 서로 만나기로 하다. 북쪽으로 갈수록 황무지다. 간간이 죽은 소위로 까마귀들이 파리떼처럼 꼬인다. 2호차는 하마터면 로드킬을 해볼 뻔했다. 캥거루가 달리는 차로 달려들어 차를 박고 밑에 깔렸다. 다행히 차뒤로 빠져나와 재빠르게 도망갔다. 캥거루나 동물이 느닷없이 튀어나오면 피하지 말고 치어라라고 알고 있다. 하지만 알고도 브레이크 밟지 않고 동물을 튕기며 직진하려면 마음이 꽤나 단단해야한다. 말하는 것만큼 결코 쉽지 않다.

영만짤

"나이들면 찾는게 일이야. 맨날 찾아..."

· 형님이 며칠전부터 벼르던 멸치요리를 드디어 시전하시다. 시작부터 쉽지 않다. '간장어딨냐' '고추는 있냐' '마늘은 깐건 없냐' '조미김 말고 그냥 김은' 옆에서 물어보는 족족 대꾸하거나 손에 쥐어드려야 했다. 멸치는 고추다진것과 마늘다진 걸 넣고 참기름 넣어 비비면 끝이다. 그런데 묘하게 맛있다. 김은 불에 살짝 구운뒤 경쾌하게 버무리면 끝이다.

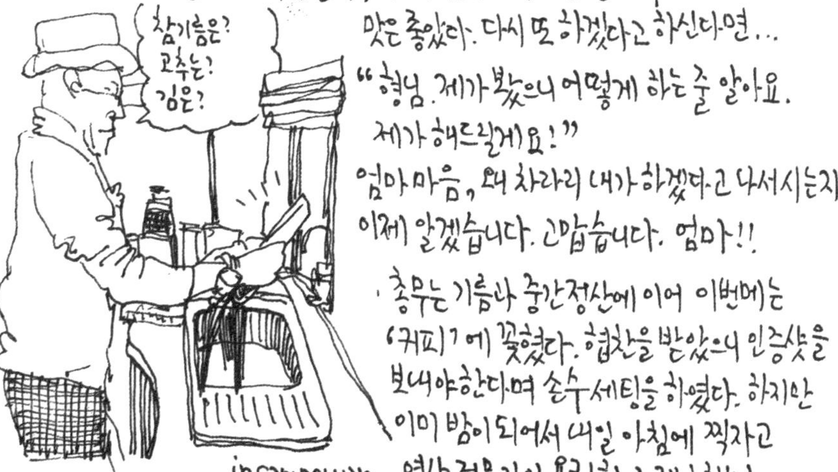

맛은 좋았다. 다시 또 하겠다고 하신다면...

"형님. 제가 봤으니 어떻게 하는 줄 알아요. 제가 해드릴게요!"

엄마 마음, 왜 차라리 내가 하겠다고 나서시는지 이제 알겠습니다. 고맙습니다. 엄마!!

· 총무는 기름나 중간정산에 이어 이번에는 '커피'에 꽂혔다. 협찬을 받았으니 인증샷을 보내야한다며 손수 세팅을 하였다. 하지만 이미 밤이되어서 내일 아침에 찍자고

in campervan.

영상 전문가인 용권형이 제안했다. 깨끗하게 무시당하고 결국 새까만 밤을 배경으로 인증샷 찍었다. 은평구에서 충분히 찍을수 있는 볼수 있는 사진이었다.

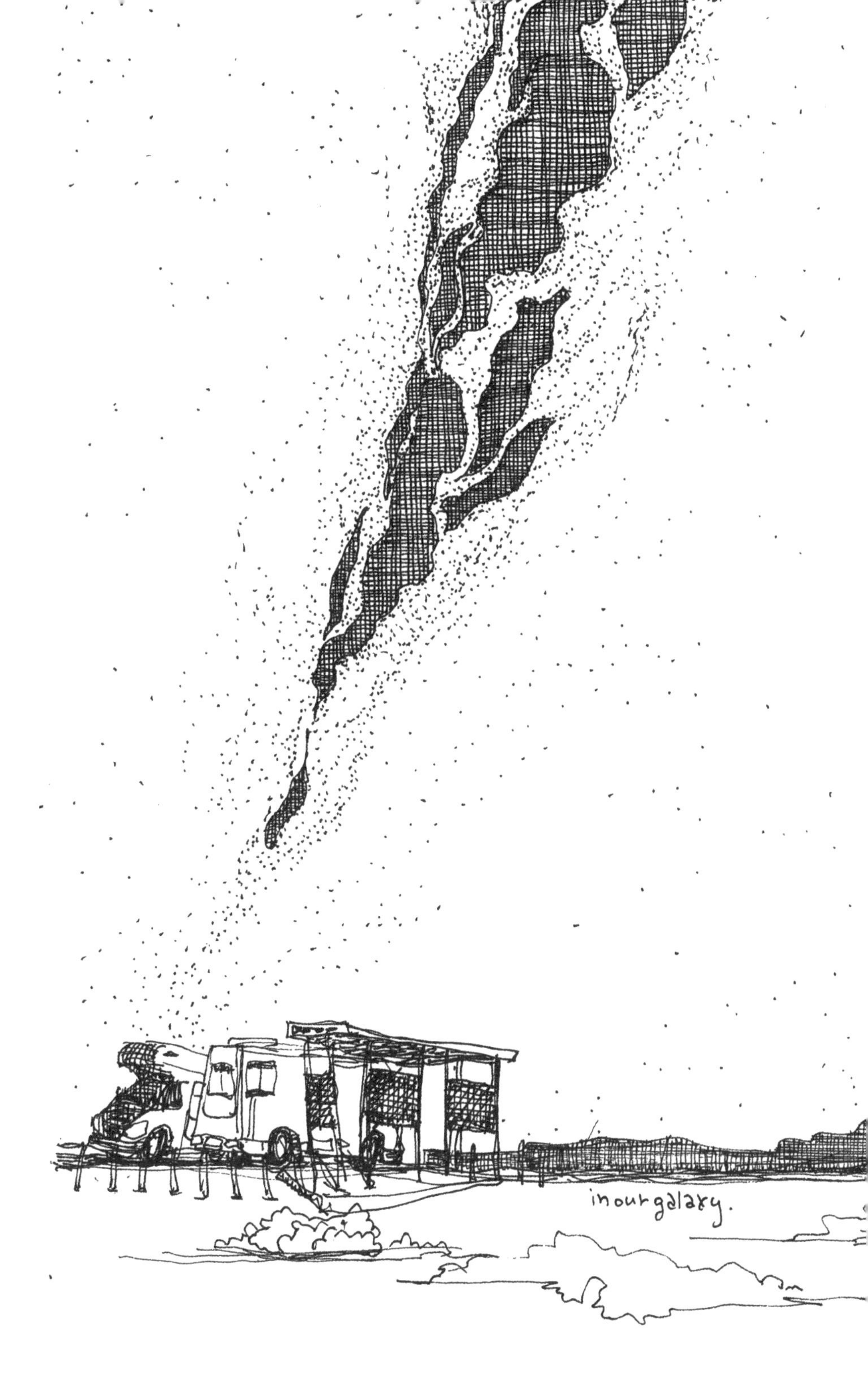
in our galaxy.

8월 29일 화요일
여기는 언제나 맑다.

어쩌면 하이라이트, 울룰루Uluru다! 무려 열흘이나 걸려 도착했다. 거대한 돌이다. 멀리서도 가까이서도 보고, 만져도 본다. 단 한 가지, 올라가지는 않을 거다. 경외하고 싶다면 거리를 두어라.

울룰루. 오직 눈으로만 볼것. 그들과우리를 생각해서 오르지 말것.

오늘이동거리: 237km

총이동거리: 2,806km

어쩌면 하이라이트. 울룰루다! 무려 열흘이나 걸려 도착했다. 시시각각 색깔이 변하는 거대한 바위. 3분의 2는 땅 속에 묻혀있다. 원주민인 anangu족이 울룰루를 관리하고 관광객 안전을 책임진다. 멀리서도 가까이서도 보고 만져도 본다. 단 한가지 올라가지는 않을거다.

경외하고 싶다면 거리를 두어라.

(관리인이 오르지 말라고 하는데 오를 수 있는 이유는 관광사업 때문. 관광객이 줄어들까봐 권하지만 금지하지는 않는다.)

마주 오는 차들에 탄 운전자들은
하나같이 검지를 세우거나
가볍게 손을 흔든다.
"나 너 봤어. 너도 나만큼 지루하지? 다 알아"라고
말해주는 듯하다.

8월 29일 (화) 여기는 언제나 맑다

· 캠퍼밴 파크에서 벗어나 그냥 맨땅에 차를 대고 잤다. 그야말로 노숙. 야트막한 잡목들이 군데군데 있고 차가 들어갈 수 있을 만큼 비었다. 아침을 샌드위치로 해결하고 울룰루를 향해 출발하다. 여기서 대략 200킬로미터. 이 정도면 이제 껌이다. 부담없이 운전석에서 길바닥 질감을 느끼며 스쳐가는 왼쪽, 오른쪽 풍경을 즐기다. 마주 오는 차들에 탄 운전자들은 하나같이 검지손가락을 세우거나 가볍게 손을 흔든다. '나 너 보았어. 너도 나만큼 지루하지. 다 알아'라고 말해주는 듯하다.

· 울라라 Yulara에 있는 에어즈록 캠프그라운드에 도착해서 점심을 해먹다. 멸치국물을 버섯과 양파와 함께 우려낸 다음 소면을 삶았다. 어제 먹고 남은 삼겹살과 목살 수육을 잘게(얇게) 썰어 올린 뒤 파를 뿌렸다. 다대기도 만들었다. 고추, 마늘, 고춧가루, 참기름, 깨소금, 고추장을 넣어 잘 섞었더니 그래 비슷했다. 넉넉하게 삶았는데 조금 모자랐다! 잘 먹어줘서 고맙습니다! 여행도 이제 어느 정도 궤도에 오른 듯하다. 리추얼이 하나둘씩 늘어간다. 이를테면 아침을 하고 커피를 마신 뒤 설거지하고 방을 깨끗하게 쓸어낸다. 누가 시키지 않는데 각자 역할을 나눠 빠짐없이 마무리한다.

영만짱.
'눈이 침침하면 입장료 반으로 깎아줘야 되는거 아니냐?'

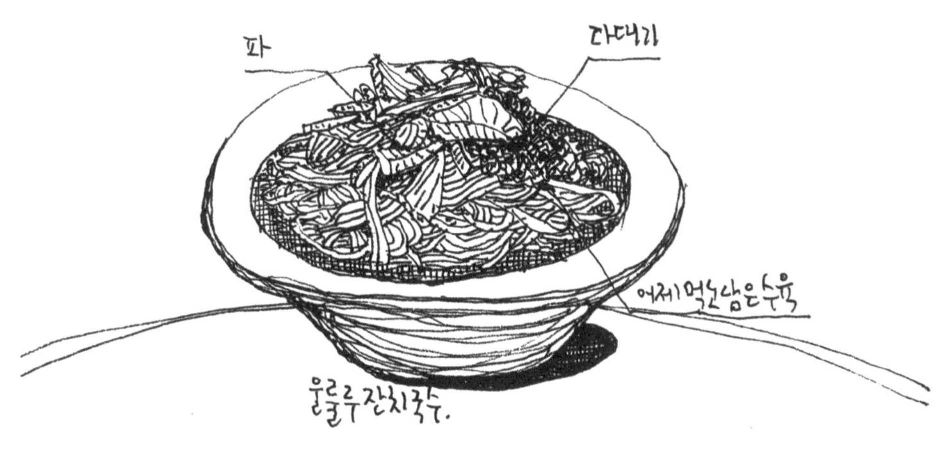

울룰루 잔치국수.

PLEASE DON'T CLIMB ULURU

'That's a really important thing you are climbing. You shouldn't climb. It's not the real thing about this place. The real thing is listening to everything. We are obliged by Tjukurpa (traditional law) to teach people what behaviour is appropriate.'

"울룰루에 오르다 누가 다치거나 죽으면 우리 부족 모두 슬퍼합니다." 그래서 오르지 않았으면 하는 거예요. _원주민이 말하는 오르지 말라는 진짜 이유.
anangu

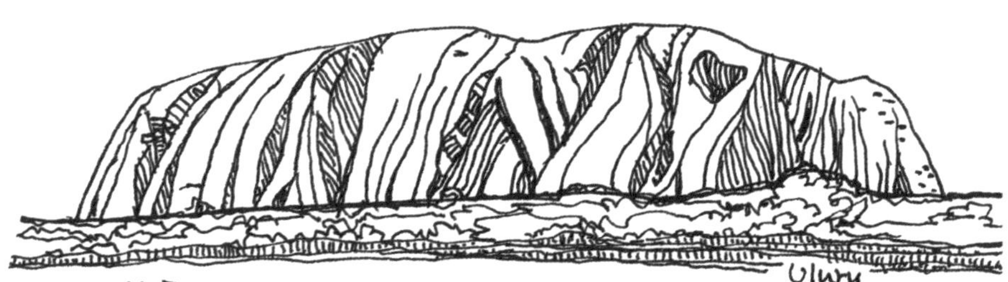

· 거대한 돌이다. 가까이서 보면 나이가 들어 각질이 일듯 껍데기가 벗겨지고 있다. 가로가 더 익숙한데 그건 너무 평범하다며 세로무늬가 선명하다. 해가 질수록 더욱 붉어지며 아랫쪽부터 타들어가는 듯 새까맣게 변한다. 아무도 없는 땅 한가운데 솟은 스펙타클. 누가. 어떻게. 언제 만들었는지 모른 채 '예전부터' '그 자리'에 있었으니 이야기는 더욱 풍성해질 수 밖에. 도무지 설명할 수 없는 존재는 '기'나 '영적'이니 '신비스런' 분위기를 가질 수 밖에. 어쩌면 울룰루가 그런게 아니라 존재를 대하는 우리의 태도 때문일 것이다. 그러니 신비함을 원한다면 어느 정도는 모른 체 지나치시길. 굳이 오르지 말라는 원주민 이야기를 거스르며 애써 오르지 마시기를.

영만짤

"바위도 늙으면 뭐가 허얘져."

· 땅보다 크고 넓은 하늘을 덮고 자면 어떤 생각이 들까?
나보다 더 큰 존재를 밤마다 느낄테고 자연스레 스스로에 대해 깊이 돌이켜보겠지. 존재. 의미. 절대자 그리고 이야기. 매일밤 새로운 이야기가 생기겠지. 은하수를 보며 어딘가 있을지도 모를 생명을 상상해 보겠지. 그런데 난 땅위에 있을지도 모를 뱀, 딩고, 전갈을 떠올리며 겨우 차 주변만 서성거린다. 이토록 잘잘한 녀석이었다니.
(간간이 길바닥에서 잘텐데 그때마다 기대해도 좋겠다. 별. 실컷 보자. 평생 그리워할테니까)

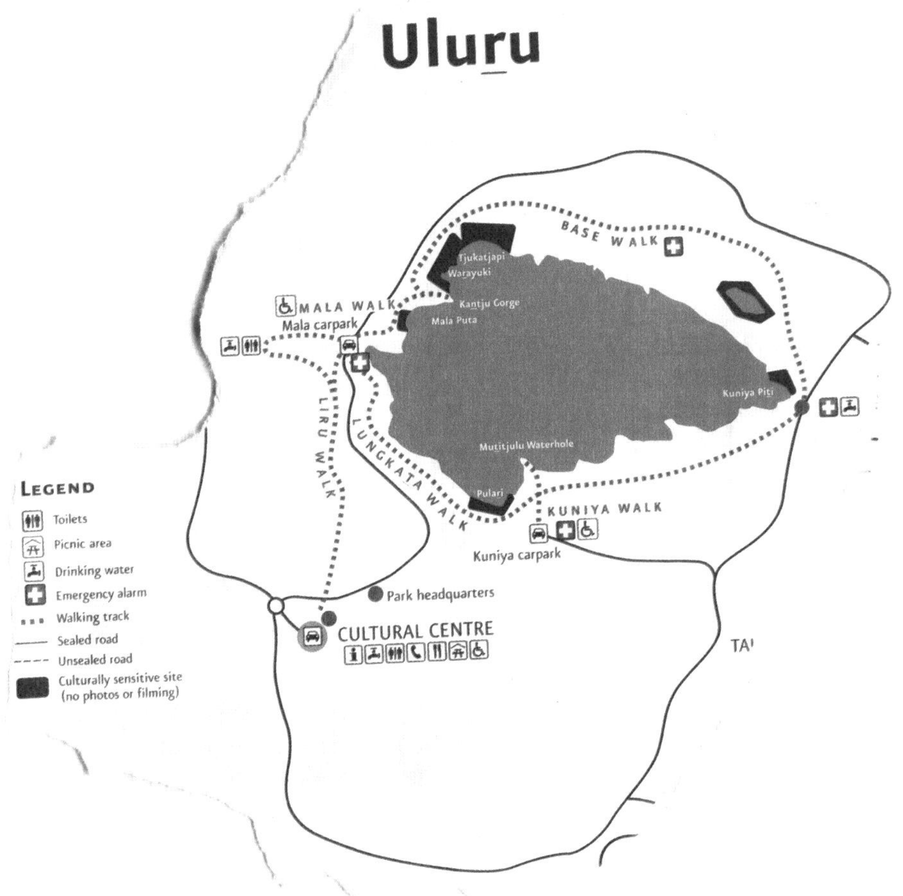

"울룰루에 오르다 누가 다치거나 죽으면,
우리 부족 모두 슬퍼합니다.
그래서 오르지 않았으면 하는 거예요."
…
굳이 오르지 말라는 원주민 이야기를 거스르며
애써 오르지 마시기를.

3일짜리 입장권.

442139
Uluru-Kata Tjuta National Park
Welcome to Aboriginal land
For a safe and enjoyable visit go to
www.parksaustralia.gov.au/uluru
0/10028641/143414100/039349
014448 29/08/17 16:30
3Day Pass Adult
01/09/17 16:29

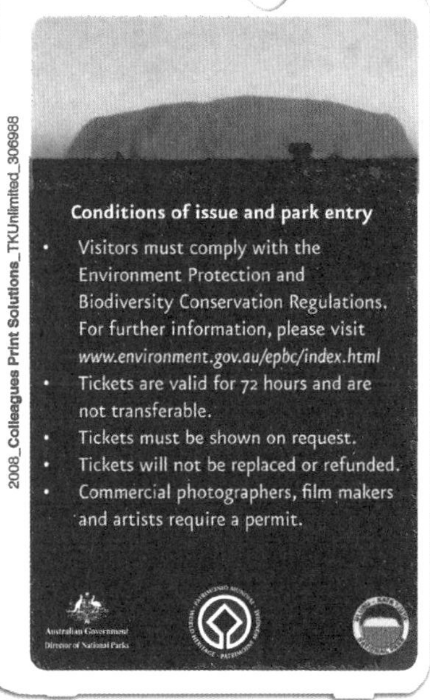

2008_Colleagues Print Solutions_TKUnlimited_306988
Conditions of issue and park entry
• Visitors must comply with the Environment Protection and Biodiversity Conservation Regulations. For further information, please visit www.environment.gov.au/epbc/index.html
• Tickets are valid for 72 hours and are not transferable.
• Tickets must be shown on request.
• Tickets will not be replaced or refunded.
• Commercial photographers, film makers and artists require a permit.

8월 30일 수요일
당연히 맑다.

울룰루를 보고 카타추타[Katatjuta]를 가지 않는다? 나중에 알게 되면 몹시 후회할 거다. 특히 미야자키 하야오가 만든 작품을 좋아한다면, 애써 가야 할 곳. 〈바람계곡의 나우시카[Nausicaa Of The Valley Of Wind]〉(1984)의 배경이 되는 바람계곡[Valley Of The Wind]이 있기 때문이다.

〈바람계곡의 나우시카〉 속 바람계곡으로. kata tjuta.

오늘 이동거리 : 383km

총 이동거리 : 3.189km

울룰루를 보고 kata tjuta를 가지 않는다? 나중에 알게되면 몹시 후회할거다. 특히 미야자키 하야오가 만든 작품을 좋아한다면 애써 가야할 곳이기도 하다. 〈바람계곡의 나우시카〉 배경이 되는 valley of the wind가 있기 때문이다. 시원하게 바람을 맞으며 거대한 벌레 〈옴〉을 닮은 능선을 본다. 그리고 천천히 몰스킨에 담아본다.

바람이 솔솔 불고 그늘이 져서
무척 시원하다.

8월30일(수) 당연히 맑다
valley of the wind
· 미야자키하야오 <바람계곡의나우시카> 배경으로 삼았다
바람이 솔솔 불고 그늘이져서 무척 시원하다. 초록도 좋고.

"아버지와 함께 차를 사서 조금씩 개조했지요.
기름에 물에 텐트, 그리고 요리도구까지 없는 게 없죠.
몇 달에 한 번씩 가족과 함께 사막을 달립니다."

…

호주 가족을 길에서 만나다.

lasseterhighway

오늘은 노숙이다!

…

조용한 밤, 달빛이 심하게 밝다.

소리가 없다.

빛도 없다.

우주에서 보낸 빛이 다다.

그런 밤이다.

• King's Canyon으로 가는 길에 해가 뉘엿뉘엿 진다. 더 갈까 하다가 에이. 오늘은 노숙이다! 그래서 속도를 줄이고 빠질 구멍(?)을 찾아 나섰다. floodway 그러니까 홍수가 나면 물길이 되는 골이 길 양옆으로 패여져 있었다. 캠퍼밴으로 바로 내려가기에는 무리였다. 30분을 달리니 조그마한 샛길이 보였다. 붉다 못해 매울 것 같은 흙 위로 잡목들이 무성하게 자랐고 그 사이로 차 두 대가 들어갈 공터가 있었다. 제법 능숙하게 차를 마주 대고 나서 저녁 준비를 했다. 영만 형님이 이틀 전에 폭탄선언을 했었다. '이제 술 고만 마시고 열흘 뒤에 마셔라. 어기는 사람은 벌금 100불!이다' 하지만 굳은 약속은 이틀을 채 넘기지 못했다. 그럴만한 이유가 있었다. 첫째. 총무가 가져온 담배가 다 떨어져 오늘부터 (강제) 금연이 시작된다. 둘째. 총무가 사랑스런(?) 쪽지를 보냈다. 셋째. 소고기로 만든 소시지 안주가 좋았다. 넷째 우리 말고는 반경 10km 내에 아무도 없었다. 그러니 마셔야만 했다! 그래도 형님은 와인 1병을 셋이서 기분 좋게 나눠마신 뒤 칫솔을 들었다. Hardy's 에서 챙겨준 <HRB>는 미역국에도 잘 어울렸다.

• 어르신들이 살아남는 방법: 귀여워라!
몸매가 아기 몸매이든 말을 애교있게 하든 가끔 깜짝 놀랄만한 귀요미 짓을 하든 귀여워야 한다. 그렇다고 늘 애쓸 필요까지는 없다. 종이를 곱게 접어 '형님. 이렇게 멋진 곳에 한잔은 해야죠. 통촉하여 주세용' 이라고 쪽지를 건네면 된다. 그럼 어이없는 웃음과 함께 '그래도 형은 귀여운 구석이 있어서 좋아'라는 이야기를 듣게 된다.

• 전화도 안 되고 인터넷도 안 된다. 조용한 밤. 달빛이 심하게 밝다. 소리가 없다. 빛도 없다. 우주에서 보낸 빛이 다다. 그런 밤이다.

1장 – 울룰루를 향해
8월 22일(화) ~ 8월 30일(수)

5장 스트로마톨라이트
코랄 베이,
그리고 퍼스
9월 22일(금) ~ 9월 27일(수)

2장 _ 킹스캐니언, 사막을 달리다

8월 31일(목) ~ 9월 7일(목)

8월 31일 목요일
여전히 맑다.

호주에서 맞이하는 두 번째 노숙. 창문을 열고 별을 보며 잠들었다. 오늘은 킹스캐니언King's Canyon으로 향한다. 킹스캐니언은 말 그대로 거대한 계곡이다. 계곡보다 인상적인 건 난간이나 안전시설이 하나도 없다는 점, 원한다면 마지막 1cm까지 가볼 수 있다.

새벽에는 은하수를, 낮에는 king's canyon을!
오늘 이동거리 : 363km
총 이동거리 : 3,552km

호주에서 맞이하는 두번째 노숙. 지평선에서 반대편 지평선까지 은하수가 이어져 펼쳐진다. 창문을 열고 별을 보며 잠들었다. 아침에는 햇살이 눈부셔서 일어났다. king's canyon은 말 그대로 거대한 계곡이다. 계곡보다 인상적인 건 난간이나 안전시설이 하나도 없다는 점. 원한다면 마지막 1cm 까지 가볼 수 있다.

새벽 2시 반에 일어나 밖으로 나갔다.

…

달은 저물었는데 북쪽으로 올라와서 그런지 은하수는 보이지 않았다.
하지만 스왈로브스키를 고르게 편 것 같아 또 다른 밤이었다.
날씨가 조금씩 따뜻해져 창문을 열고 누워서 밤하늘을 보았다.
나뭇가지 사이로 별들이 반짝인다. 별이 온몸으로 떨어진다.
어깨에도 이불에도 떨어진다. 어둠 덕분에 눈은 더욱 밝아진다.

8월 31일 (목) 여전히 맑다.

• 새벽 2시 반에 일어나 밖으로 나갔다. 용권이 형은 벌써 일어나 별사진을 찍으려 카메라를 만지작거렸다. 부지런한데 조금은 부산스러운 그래서 옆에 있는 사람들이 조금씩 불안해진다. 달은 저물었는데 북쪽으로 올라와서 22년지 은하수는 보이지 않았다. 하지만 스탈로브스키를 고르게 편 것 같아 또 다른 밤이었다. 날씨가 조금씩 따뜻해져 창문을 열고 누워서 밤하늘을 보았다. 나뭇가지 사이로 별들이 반짝인다. 별이 온몸으로 떨어진다. 어깨에도 이불에도 떨어진다. 어둠 덕분에 눈은 더욱 밝아진다.

영민 짱

"여행을 하면 사람을 안다는데 약점을 잘 감추고 지내야... 이미 늦었다고! ㅋㅋ"

• 아침을 알뜰하게 챙겨 먹고 (미역국, 밥, 샐러드) 킹스캐년_kings canyon으로 이동하다. 어제 아침 이후로 전화도 안 되고 인터넷도 당연히 안 된다. 진짜 황무지에 와 있다. 그럴수록 캠퍼밴이 더욱 편안하다. 수도꼭지 틀면 물 나오고 변기가 있으며 냉장고엔 먹을 것이 가득하니까. 그리고 전기가 들어온다. 딱 자동차 크기만한 문명 속에 들어있다. 우주선을 타면 비슷한 기분이 들지 않을까 싶다.

• 그래서인지 캐러밴 캠프에 도착하면 차 뒤에 딸린 창고문을 열어 전기선과 물호스 그리고 하수 호스부터 꺼낸다. 전기선을 캠프 주차장마다 놓인 기둥에 꽂으면 전기를 쓸 수 있다. (에어컨, 온풍기, 전자레인지, 그리고 전원부) 또한 파란색 호스를 수도꼭지에 연결하고 물통에 물을 채워 넣으면 마치 수액을 맞는 기분이다. 상쾌해진다. 검은색 호수는 차 중간에 오수 밸브에 연결하고 하수도 탭에 꽂으면 시원하고 묵직하게 더러운 물을 뱉어낸다. 그렇게 상쾌할 수가 없다. 파크에 도착한 저녁에는 설거지도 마음껏 하고 똥물도 조금 오래 누른다. 작은 사치가 이렇게 상쾌할 수가 없다.

아, 행복하다!

영만형님은 '고맙다' '그림좋다' '밥장덕분에 자극받는다'란 이야기를 자연스럽게 던진다. 받아먹는 나로서는 그저 기쁠 뿐이다. <무당거미> 부터 시작해서 <날아라 슈퍼보드> <오! 한강> <아스팔트 위의 사나이> <타짜> <식객> 까지. 형님이 즐겨쓰던 동글동글한 펜선은 내게 꿈이었고 따라하고픈 스타일이었다. 지금 나이에도 여전히 '나는 내가 그린걸 보고 낄낄거리는 모습보면 참 좋아'라고 하신다. 함께 24시간을 보내며 '오늘 미역국 참 맛있다'라는 이야기를 들을 수 있어 저역시 '아. 행복하다!' 입니다.

용권 형님, 야간 작업 중.

erldunda caravan park
용천형님 야간작업중.

9월 1일 금요일
당연한 이야기. 맑다.

사막 한가운데, 느닷없이 25,000명이 사는 거대한 마을이 나타났다. 여길 떠나면 천 킬로미터를 가야 마을다운 마을이 나타난다. 여기서 고립을 느낄지, 홀가분함을 느낄지는 사람마다 다르겠지.

사막 한가운데 진짜 오아시스 도시, alice springs 에서 하루를!

오늘 이동거리: 210km

총 이동거리: 3,762km

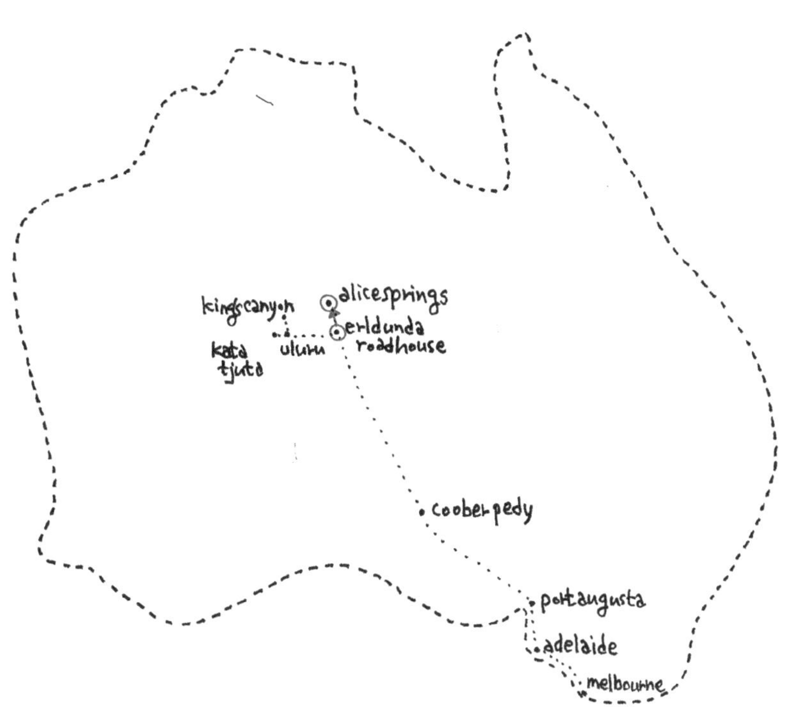

잡목, 뜨거운 태양, 붉은 흙 그리고 죽어있는 동물들. 이따금씩 로드하우스에 들러 기름만 채웠다. 그런데 느닷없이 25,000명이 사는 거대한(!) 마을이 나타난다. 그리고 여길 떠나면 천킬로미터를 가야 마을다운 마을이 나타난다. 여기서 고립을 느낄지 홀가분함을 느낄지. 사람마다 다르겠지. 그리고 museum of central australia 에 가면 진짜 운석을 만져볼 수 있다. 무려 46.5킬로그램에 달한다.

"여긴 낙원이에요.
여기를 벗어나면 버틸 수 없는 사막뿐이에요."

…

달 기지 같은 도시, 앨리스스프링스.

9월 1일 (금) 당연한 이야기. 맑다.

- 앨리스 스프링에서 장볼거리를 정리해보다. 길보다 로드하우스가 좋고 로드하우스보다 캐서린보다 캐러밴파크보다 마트가 훨씬! 좋다. 다카하시 아유무가 전세계를 캠핑카타고 돌아다닐때 왜 와이프를 늘 쇼핑몰에 내려줬는지 알것 같다. 아 이런 메트로폴리탄의 노예같으니라구.

지퍼락. 쓰레기비닐. 정리상자. 양파. 마늘. 당근. 감자. 버섯. 고추. 파. 고기. 채소. 파프리카. 라임. 에너지드링크. 껌. 초콜릿. 두부. 오이.

- 앨리스 스프링은 기대와 전혀 달랐다. 콜스 주차장에 차를 대기 어려울 정도였다. 사막 한가운데 있는 작은 동네가 아니었다. 알고보니 땅 밑에 무려 250년을 마실 수 있는 물이 모여 있다고 한다. (박물관 직원이 알려주었다.) 주변에서 물이 여기로 모이기 때문이다. 도시 이름에 '샘_Spring'이 들어간 것도 진짜 샘이기 때문이란다.

'여긴 낙원이에요. 여기를 벗어나면 버틸 수 없는 사막뿐이에요. 또한 세상에서 아주 멀리 떨어져 있어요. 브렉시트니 트럼프니 관계없죠. 날씨는 늘 맑고 물도 충분하죠.'

이 친구가 긍정적인 건지 아님 여기가 진짜 낙원인 건지... 음.

- 달기지 같은 도시. 앨리스 스프링스.

센트럴오스트레일리아 박물관에는 실제 운석이 있다.
직접 만져볼 수도 있다.
헨버리 운석 분화구에서 가져왔는데 4,700년 전 떨어진 것이다.
가까운 데라서 지도를 봤더니 100킬로미터가 넘었다.
하긴 여긴 호주니까.

• Museum of Central Australia 에는 실제 운석이 있다. 직접 만져볼 수도 있다. henbury meteorite craters에서 가져왔는데 4,700년 전 떨어진 것이다. 가까운데라서 지도를 봤더니 100km가 넘었다. 하긴 여기 호주니까. 12개 크레이터가 있는데 가장 큰 건 180m에 깊이 15m 정도라고. 운석은 46.5kg인데 무척 단단했다. 잘라놓은 단면은 마치 스테인레스처럼 매끈하고 반질반질했다. 외계에서 온 신비한 메세지, <2001. 스페이스 오딧세이> 에서 나온 모놀리스가 떠올랐다.

영만짤

"오늘은 진짜 내가 설거지한다. 뭐? 다 했다고? ㅋㅋ"

9월 2일 토요일
두말하면 잔소리. 맑다.

데블스 마블스Devil's Marbles까지 가기 전, UFO가 자주 출몰한다는 위클리프 웰Wycliffe Well의 로드하우스에 들렀다. 만약 지나쳤다면 아예 몰랐을 곳. 지금까지 다녀본 곳 중에서 가장 마음을 움켜잡는다.

호주 U.F.O. 성지 그리고 잊지 못할 devil's marbles에서 하룻밤
오늘 이동거리: 402km
총 이동거리: 4.164km

호주 U.F.O의 성지라고 자칭하는 wycliffe well roadhouse.
주인장인 lew farkas는 자칭 세계 UFO 협회장이시다. 주인장은 'U.F.O. = 외계인'이라고 철석같이 믿고 있는 듯한데 덕분에 장사도 잘 되니 굳이 안 믿을 이유가 없을 듯하다. devil's marbles 가기 전에는 몰랐는데 와보니 인생 여행지 중 하나가 되었다. 원주민 말로는 karlu karlu. 이것도 좋다.

스튜어트 하이웨이는 3천 킬로미터에 달한다.
실제로 달려보니 생각보다 훨씬 길다!
…
지평선과 소실점을 계속 보고 있으면
최면에 걸린 듯 멍해진다.

9월2일 (토) 두말하면 잔소리. 맑다

araluen caravan park

• stuart highway는 3천킬로에 달한다. 실제로 달려보니 생각보다 훨씬 길다! 시속 1백킬로로 크루징으로 2시간을 달리면 눈알이 쑤신다. 강한 자외선이 큰 몫을 하고 더해서 초점이 하나이기 때문이지 않을까 싶다. 지평선과 소실점을 계속 보고 있으면 최면에 걸린 듯 멍해진다. 영화 <로스트 하이웨이> 첫 장면과 <겟아웃>에서 찻잔에 숟가락 돌리는 장면과 비슷하다. 뻔히 그렇게 될 줄 알지만 피할 수 없다. 그저 에너지드링크만 홀짝거리며 허리를 곧추세워볼 뿐이다. 첫번째 로드하우스까지 250킬로미터. 출발할 때 엑셀. 도착할 때 브레이크 한번. 좌회전/우회전도 없다.

로드하우스 안에는 〈스타워즈〉 테마곡이 울려 퍼졌고
스티커, 배지, 티셔츠, 모자 들을 팔고 있었다.
누가 사나 싶지만 나 같은 사람이 산다.

영만짤
전화? 쓸 일 없어. 나한테 거는 놈이 답답하지…

'devil's marbles', 우리말로 하면 '악마의 구슬(아다마)'까지 가기 전에 UFO가 자주 출몰한다는 wycliffewell 로드하우스에 들렀다. UFO 성지답게 호리호리한 초록 몸체에 치켜 올라간 선글라스 눈망울을 한 외계인들이 우릴 반겼다. 로드하우스 안에는 스타워즈 테마곡이 울려퍼졌고 스티커, 뱃지, 티셔츠, 모자들을 팔고 있었다. 누가 사나 싶지만 나 같은 사람이 산다. 세계 UFO 협회장이 여기 계신다는데 오늘은 인도 아저씨가 카운터에 서 있었다. 뭐. 전형적인 비행접시가 흙먼지를 일으키며 착륙해서 미스터리 서클을 남긴다 해도 전혀 이상해 보이지 않는 그런 곳이었다. 심지어 반지하로 전시실에는 외계인 시체도 있다!

데블스 마블스, 만약 지나쳤다면 아예 몰랐겠지.

…

근데 태훈 작가랑 용권 형이 우기다시피 해서 자고 가기로 했는데,
지금은 눈물 나도록 고마워.
해가 지니까 악마들이 제시간을 만난 듯 장난을 치는 거야.
저 멀리 해는 저물고, 보이는 땅은 붉게 물들고,
바위들은 달아오르더라고.

Devil's marbles
Karlu Karlu

• 만약 지나쳤다면 아예 몰랐겠지. 여행책자에도 그저 스쳐지나듯 쓰고 말았으니까. 하지만 와 보니 알겠어. 작가들이 여길 한낮에 왔거나 지루한 사막도로에 지쳐 제대로 즐길만한 여유가 없었을거란 사실 말야. 나도 처음에는 지나칠뻔했어. 너무 더웠고 조금 특이했지만 별다른 매력을 못 느꼈거든. 근데 태훈작가랑 용권형이 우기다시피 해서 자고 가기로 했는데 지금은 눈물나도록 고마워. 해가지니까 악마들이 제시간을 만난 듯 장난을 치는거야. 저멀리 해는 저물고 보이는땅은 붉게 물들고 바위들은 달아오르더라구. 몇몇 친구들은 바위에 올라 유쾌한자세로 사진을 찍고 연인들은 커다란 바위에 앉아 느긋하게 시간을 보내더라구. 밤에는 달빛에 그림자가 져서 내 그림자를 밟기도 했지.

달빛으로 그림을 그렸다. 그게 가능할까 싶었는데.

under the moonlight
at devil's marbles

· 달빛으로 그림을 그렸다. 그게 가능할까 싶었는데 전혀 불가능하지는 않았다. 지금까지 다녀본 곳 중에서 가장 마음을 움켜잡는다. 동틀 때는 또 어떨지. 벌써부터 설렌다. 평생 우려먹을 이야기 하나를 만들고 있다.

9월 3일 일요일
이젠 짐작하겠지만… 맑다.

이제 똑같은 풍경에 돌아버릴 듯하다! 오늘은 사막에서 벗어나리라.

세상에서 가장 지루한 길을 달리다.

오늘 이동거리: 669km

총 이동거리: 4.833km

이제 똑같은 풍경에 돌아버릴듯하다! 그래서 하루라도 빨리 사막을 벗어나기위해 조금 무리를 해본다. mataranka 까지 끝내기로, 한 사람당 200킬로미터 이상씩 책임지고 운전하기로 했다. 시간이 흐르면 이 시간마저 달콤하겠지만 아직까지는 아니다. 소실점 지옥이다.

원주민들은 칼루칼루, 무지개뱀이 낳은 알들이라고 한다.
영어로는 데블스 마블스, 악마의 구슬이다.
'유쾌한 신이 가지고 노는 공깃돌' 정도?
지금까지 본 풍경 중 가장 로맨틱하고 달콤하다.
유머 감각도 넘치고.

9월 3일 (일) 이젠 짐작하겠지만... 말라

• 원주민들은 카루카루 karlu karlu, 무지개 뱀이 낳은 알들이라고 한다. 영어로는 devil's marbles, 악마의 구슬이다. 어제 저녁 해질 무렵, 어젯밤 달빛 아래서 그리고 오늘 아침 일찍 동이 트는 무렵에 보고 나니 내 눈에는 장난기 많은 신이 던져둔 공기돌처럼 보인다. '유쾌한 신이 가지고 노는 공기돌' 정도? 지금까지 본 풍경 중 가장 로맨틱하고 달콤하다. 유머감각도 넘치고...

오늘은 사막을 빠져나가자!
데블스 마블스에서 출발해서 레너 스프링스까지
260킬로미터를 달렸다.
세상에서 가장 지루한 길이었다고 감히 말할 수 있다.
눈알이 욱신거렸다.
…
레너 스프링스 로드하우스에서 점심을 먹었는데
어떤 고통을 겪고 왔는지 다 안다는 듯이
세상에서 가장 큰 토스트를 만들어주었다.
그렇게 큰 식빵은 파는 건지, 직접 만드는 건지 궁금했다.

• 오늘은 사막을 빠져나가자! 결의를 다지고 각자 200 킬로미터씩 책임지고 달리기로 약속하다. 먼저 내가 devil's marbles에서 출발해서 renner springs까지 260 킬로미터를 달렸다. 그 다음엔 영만 형님과 태훈 작가가 교대로 달리다. 세상에서 가장 지루한 길이었다고 감히 말할 수 있다. 특히 지평선에서야 끝나는 소실점을 바라보며 1시간 넘게 달린다! 우리끼리 '소실점 지옥'이라 부를 만큼 고통스러웠다. 눈알이 욱신거렸다. renner springs 로드하우스에서 점심 먹었는데 어떤 고통을 겪고 왔는지 다 안다는 듯이 세상에서 가장 큰 토스트를 만들어 주었다. 그렇게 큰 식빵은 파는 건지 직접 만드는지 궁금했다.

• 670 킬로미터를 달렸다! 마타란카 mataranka에 도착했다. 모두가 말은 안 하지만 녹초가 되었다. 태훈 작가가 두루치기를 볶였다. 밥을 맛있게 비벼 먹었다. 형님은 바깥 테이블에서 책을 읽고 있다. 태훈 작가는 코를 골며 맛있게 잔다. 지금 시간 10:59. 나도 자야지.

9월 4일 월요일
그래그래. 이젠 아무렇지 않아. 맑다.

사막을 지나니까 확실히 습하다. 습하고 덥다. 사막 지겨웠는데 벌써 그립다.

호주에서 가장 큰 공원 kakadu national park에 가다.
오늘 이동거리 : 376km
총 이동거리 : 5.209km

사막을 지나니까 확실히 습하다. 사막에서 못 보던 모기떼가 나타났다! (싫어요!) kakadu 공원은 크기만 20.000km²으로 강원도만 하다. 6개 계절이 있으며 원주민이 남긴 그림이 가득하다. 5만년 전부터 지금까지 그들이 진짜 주인이었다. 또한 악어들이 제 구역을 지키며 느긋하게 돌아다닌다. 계절과 바위들과 그림들과 악어들과 다양한 동물들이 산다. 사람은 적어도 이곳에서 만큼은 손님에 불과하다.

오늘 아침은 감자버섯스프를 준비하다.

…

사실 태어나서 처음 만들었다.

9월 4일 (월) 그래. 그래. 이젠 아무렇지 않아. 말자.

- 오늘 아침은 감자버섯스프를 준비하다. 버터를 두르고 양파, 마늘, 버섯을 볶는다. 감자를 삶고 껍질을 벗겨 으깬다. 볶은 채소와 함께 감자를 자작하게 끓인다. 우유와 치즈를 넣고 한소끔 끓인다. 취향에 따라 소금, 후추, 허브를 넣어 먹는다. (속이 무척 편하다.)
  - 사실 태어나서 처음 만들었다는...

- 온천 (이라고 쓰고 미적지근한 풀장이라고 읽는다) 에서 아침에 수영을 했다. 처음 가려고 했던 bitter springs 에서는 어제 2.5 미터짜리 악어가 왔단다.

캐서린에 도착하다.
습하고 덥다.
다시 우리나라 한여름으로 돌아온 기분이다.

• Katherine 에 도착하다. 습하고 덥다. 다시 우리나라 한여름으로 다시 돌아온 기분이다. 불과 2주 전에는 신상 겨울옷을 입고 사진을 찍었는데. 사막 지겨웠는데 벌써 그립다. 물과 에어컨만 있으면 최고다. 에어컨도 굳이 필요없다. 그늘이면 충분하다. 물은 많이 마셨지만 땀이 나진 않았다. 대신 저녁에 샤워하면 얼굴이 짰다. 땀이 그대로 증발되었으니까. 이젠 상의가 금세 땀에 젖는다. 또 하나 사막엔 모기가 없다. 물이 없으니 어디다 알을 낳을까. 그런데 여긴 모기세상이다. 방금 한 마리 벽에 붙은 놈을 쳤는데 피가 튄다. 생각보다 많아서 조금 놀랐다. 사막엔 파리뿐이다. 무척 성가시지만 물지는 않는다. 가렵지 않다. 헌데 여기선 차 밖에 잠깐 나가도 열 방은 기본이다. 아주 가렵다. 사막이 그립다.

영만 짤

'무슨 겨울이 이러냐? 엿같네'

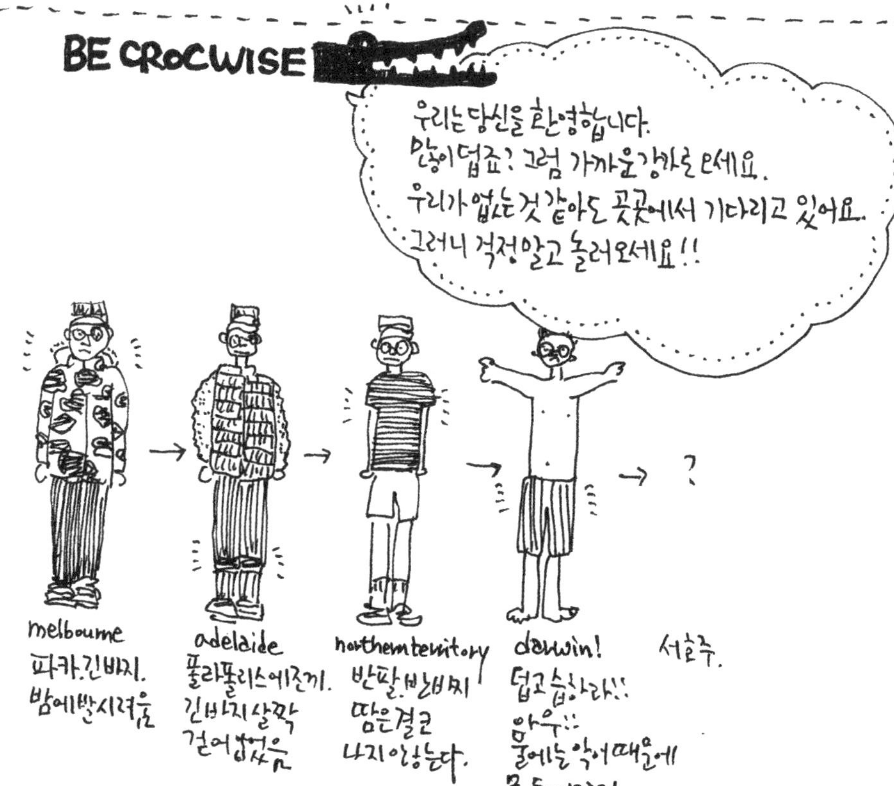

킹스캐니언, 사막을 달리다

17

9월 5일 화요일
아침 2시간은 시원하지만 결국 더워진다. 맑다.

빌라봉Billabong을 찾았다. 우기에는 강이었다가, 건기에는 연못이 된다. 배를 타고 다니면 동물원이나 책에서 보았던 새들을 어렵지 않게 만날 수 있다. 그리고 물속에는 새까만 악어가 있다.

빌라봉과 악어 그리고 바위에 남긴 그림들까지. kakadu에서.
오늘 이동거리: 88km
총 이동거리: 5.297km

배를 타고 빌라봉을 다니면 동물원이나 책에서 보았던 새들을 어렵지 않게 만날 수 있다. 물 속에는 새끼만 악어가 느긋하게 손님(또는 저녁거리?)들을 지켜본다. 우리는 악어라며 좋다고 사진을 찍는다. 원주민들이 2만년 전부터 살던 곳에는 깜짝 놀랄만한 작품들이 남아있다. creation ancestors, 창조하는 조상들이 대대로 그렸으며 그 중에서 처음은 mimi spirits 였다. 그림은 곧 그들을 만나는 일이었다. 지금도 마찬가지다.

11시부터 강을 타고 크루즈한다.
사우스앨리게이터강인데 앨리게이터는 없다.
크로커다일만 있을 뿐.
성격 가장 더럽고, 주인도 없고, 친구 다리도 뜯어먹는다고.
그 녀석 만나러 간다.
...
자신감으로 똘똘 뭉친 녀석이었다.
"그래? 뭐 용기 있으면 내려오시던가."

9월5일(화) 아침 2시간은 시원하지만 결국 더워진다. 맑다

- 빌라봉으로 산책하다. 우기에는 강이었다가 건기에는 연못이 된다. 한달 전부터 여기 묵고 있던 피터 아저씨. 악어는 질리도록 만났다고. '며칠 전 바라문디를 낚고 채비를 정리하는데 뒤가 싸하더라구. 돌아보니 큰 악어가 따악! 하니 있는 거야. 식겁했어' 숲길에는 향기로 가득하다. 후추 냄새가 나는 듯하더니 고소한 보이차 향기도 올라온다. 저쪽에서 고구마를 삶는 듯하고 축축한 생강 냄새도 느껴진다. 게다가 어딘지 모르는 곳에 악어가 숨어있다!

⚠ Crocodile Safety

하악~!

I'm swimming now!

다치는 건 없으니 걱정하지마. (다 먹을 거니까!).

- Do not enter the water
- Keep away from the water's edge
- Do not clean fish near the water's edge
- Remove all fish and food waste

Crocodiles inhabit this area. Attacks cause injury or death.

- 11시부터 강을 타고 크루즈한다. south alligator river인데 alligator는 없다. crocodile만 있을 뿐. 성격 가장 더럽고 주인도 없고 친구 다리도 뜯어먹는다고. 그 녀석 만나러 간다. 빌라봉 크루즈를 했다. 자격있는 레인저가 천천히 배를 몰며 꼼꼼하게 설명해준다. 덕분에 빌라봉을 지배하는 수컷 악어 맥시도 만났다. 자신감으로 똘똘 뭉친 녀석이었다. '그래? 뭐 용기있으면 내려오시던가' 이런 분위기였다.

Yellow water billabong
상남자 맥시.

피터 아저씨는 혼자서 한 달째 묵고 있다.
아침에 일어나 강으로 가서 바라문디를 낚는다.
집(?)으로 돌아와 바라문디를 요리해서 먹는다.
자전거도 타고 바이크도 타고.

mardugal in kakadu national park

· 피터 아저씨는 혼자서 한달째 묵고 있다. 아침에 일어나 강으로 가서 바라문디를 낚는다. 집(?)으로 돌아와 바라문디를 요리해서 먹는다. 자전거도 타고 바이크도 타고. 나이가 들수록 남자는 혼자 놀 줄 알아야 한다.

땡볕을 가려주는 커다란 바위 사이로 차가운 바람이 분다.
아주 오래전부터 사람들이 찾아와 더위를 식혔다.
사람이 모이면 수다는 빼놓을 수 없지.
솜씨 좋은 친구는 재미난 이야기를 골라 바위에 새겼을 테고.
번개를 내리치는 신, 지금은 사라진 신기한 동물들,
하얀 천에 바람을 담아 바다를 건너온 사람들까지.
시간이 그림을 덮으면 새로운 사람들이 그 위에 또 그렸다.
그리고 지워지고 또 그리고…….
그렇게 5만 년이 흘렀다.

* ROCK ART in NOURLANGIE (누룽지의 암벽화)

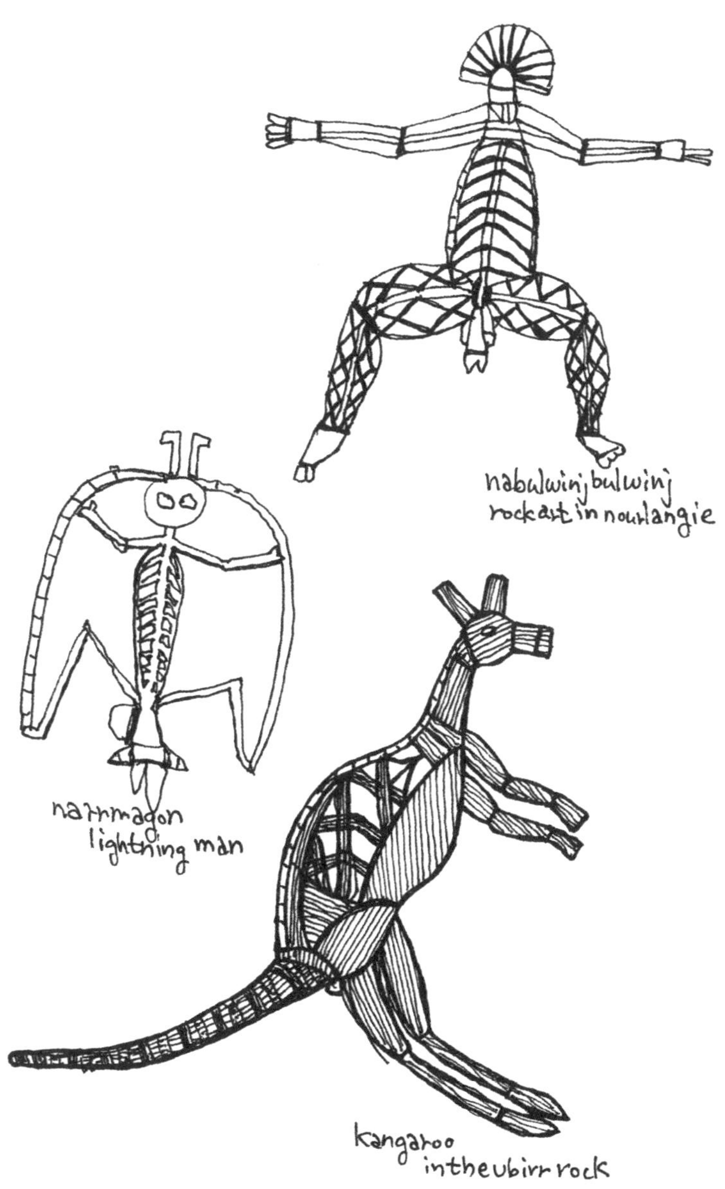

킹스캐니언, 사막을 달리다

18

9월 6일 수요일
지겹겠지만 여전히 맑다.

어쩌면 호주의 가장 끝자락일 수도 있는 도시 다윈Darwin에 도착했다. 다윈은 호주 사람들에게 정서적으로 가장 멀리 떨어진 도시일 수 있다. 실제로 멜버른이나 시드니보다 인도네시아와 티모르가 더 가깝다.

어쩌면 호주의 가장 끝자락일수도 있는 도시 darwin에 도착하다.

오늘이동거리 : 2381km

총이동거리 : 5.535km

호주사람들에게 정서적으로 가장 멀리 떨어진 도시일 수도 있다. 실제로 멜번이나 시드니보다 인도네시아와 티모르가 더 가깝다. 그래서인지 아시아인들이 매우 많다. 호주 속에 작은 아시아라고 할까. 또 한가지. 이곳 사람들은 모두 태풍(싸이클론) 트레이시_tracy를 잊지 않는다. 1974년 크리스마스 이브에 들이닥쳐 전체 11.200 가구 중 400 가구만 남기고 싹 쓸어버렸으니. 크리스마스의 악몽이 따로 없었다. 지금 도시는 그 뒤 재건된 모습이다.

캠퍼밴과 좋은 마트는 궁합이 잘 맞는다.
원하는 대로 느긋하게 해먹을 수 있다.
건조식품, 라면, 볶음으로 때울 수 있지만 다 먹고 나면 입안이 쓰다.
기분도 별로다. 점점 좋은 재료에 집착하게 된다. 몸이 예민해진다.
그래서인지 "점심은 대충 먹자", "간단하게 때우자"라면 참 김샌다.
세상에 간단한 음식은 없다.
나쁜 음식과 좋은 음식이 있을 뿐이다.

9월 6일 (수) 지겹겠지만 여전히 맑다

• 오늘 아침은 감자 양파 수프로. 농도를 진하게 했더니 훨씬 든든하다.
손이 조금 가지만 그만큼 속이 편하면서 든든하다. 먹어보면 알겠지만
여기 음식은 짜다. 게다가 양도 많다. 가짓수도 그리 많지 않다. 또 하나
생각보다 비싸다. 인건비를 중요시하니까 조금이라도 '사람 손'을 타면
그만큼 가격이 오른다. 캠퍼밴에 좋은 마트는 궁합이 잘 맞는다. 원하는 대로
느긋하게 해먹을 수 있다. 건조식품, 라면, 볶음으로 때울 수 있지만 다 먹고 나면
입안이 쓰다. 기분도 별로다. 점점 좋은 재료에 집착하게 된다. 몸이 예민해진다.
그래서인지 '점심은 대충 먹자' '간단하게 때우자' 라면 참 김샌다.
세상에 간단한 음식은 없다. 나쁜 음식과 좋은 음식이 있을 뿐이다.
(물론 상황에 따라 달라지긴 하지만).

내 사랑 채소들!

양파. 냉장고에서 하루라도 없으면 안 되는 귀한 존재.
거의 매끼 필요하다. 국, 양념, 샌드위치, 한식, 양식
어디에도 안 끼는 데가 없다. 양파 스프 강추!

마늘. 있으면 든든하다. 마지막 결정적 한방은
늘 마늘이 좌우한다. 볶을 때는 먼저 국물 우릴 때는
나중에.

파. 파만 있을 때는
모른다. 하지만 없으면
무척 아쉽다.
인격! 품위 있는 채소랄까.

무. 여기도 있으려나 싶은데
웬걸 매끈한 녀석이 매장에
떡! 국물은 무까지 있어야
정답이다.

상추. 호주 상추가
의외로 맛있다.
크고 차지고
훨씬 아삭하다.

감자. 삶아서 그냥 으깨 먹어도 좋다.
스프로 만들면 기막히다.
이번에 선보이는 가장 핫한 아이템.
여성들이여. 기대하시라.

고추. 진짜
작은 고추가
열나게 맵다.
소금을 더 넣고 싶다면
먼저 고추를 썰어 넣으시길.

아시아에 있던 연꽃이 여기서도 만개한다.
새들은 제집처럼 즐긴다.
그들에게는 더할 나위 없는 천국일 테지.
천국에서 잠깐 조용하게 지켜본다.
셔터 소리가 없어서 몰스킨은 더욱 살갑다.

mamukala wetland

· 아시아에 있던 연꽃이 여기서도 만개한다. 새들은 제집처럼 즐긴다. 하긴 우리나라에서 한옥에서 사는 사람이 몇이나 되나. 비록 파리들이 눈알과 콧구멍을 겁없이 파고들지만 새들에게는 더할나위없는 천국일테지. 천국에서 잠깐 조용하게 지켜본다. 셔터소리가 없어서 몰스킨은 더욱 살갑다.

드디어 다윈에 도착했다.
호주를 종으로 달리는 스튜어트 하이웨이를 완주했다.
거창하게 샴페인을 터뜨리지는 않고
그저 밀린 빨래나 하면서 쉬기로 했다.
그런데 대장님이 갑자기 고기의 나라, 호주에 왔으니
오늘 저녁은 고기를 간만에 먹자고 하신다.
(그럼 어제 저녁에 먹은 건 뭐예요?)

영만 짤

"이 정도면 민주적이지 않냐? 없을 때 '영만이 형? 얘기도 꺼내지마' 이런 얘기는 안 하겠지? ㅋㅋ"

road to darwin.

· kakadu 국립공원에서 세 시간 가까이 달려 드디어 darwin에 도착하다. 호주를 종으로 달리는 Stuart highway를 완주했다. 거창하게 샴페인을 터뜨리지는 않고 그저 밀린 빨래나 하면서 쉬기로 했다. 그런데 대장님이 갑자기 고기의 나라 호주에 왔으니 오늘 저녁은 고기를 간만에 먹자고 하신다. (형님 그럼 어제 저녁에 먹은 건 뭐에요?) '빨래 → 청소 → 수영장 → 간단하게 저녁 → 커피 → 일기/그림 그리기' 일정은 송두리째 날아가고 우리는 마트에서 장을 보았다. 그리고 된장찌개를 끓이고 고기를 굽고 양주를 홀짝이며 수박을 먹었다. 저녁은 밤 9시가 되어서야 마무리되었다. 형님들은 약속이나 한 듯 숟가락을 놓고 그대로 숙소에 가버렸다. 용권형, 태훈작가, 내가 남은 음식 정리하고 설거지를 했다. 음식하는 사람이 설거지하고 청소까지 하는, 일하는 사람 따로 먹는 사람 따로라는 바람직하지 못한 상황이 펼쳐졌다. 급하게 이야기해서 형님께 건의했다. 있는 그대로 받아들였다. 그래서 어떻게 하기로 했냐구? 첫째. 저녁은 567로. 5시에 숙소도착, 6시에 저녁, 7시에 마무리. 이후에는 각자 자유시간 술마시는 사람은 마무리 다 하기. 그 다음 설거지는 앞으로 총무, 봉주르형님이 할 것. 운전은 반드시 나눠서 할 것. 땅땅땅!!

진짜였다.

밤에 샤워도 하고 큰 일도 보려고 캠프 화장실에 갔다.

변기 안쪽에 푸르딩딩한 게 붙어 있었다.

팔다리가 가는 개구리였다. 생각보다 무척 예뻤다.

호주 북부로 가면 변기에 개구리가 산다.

그것도 꽤 잘생긴 녀석이.

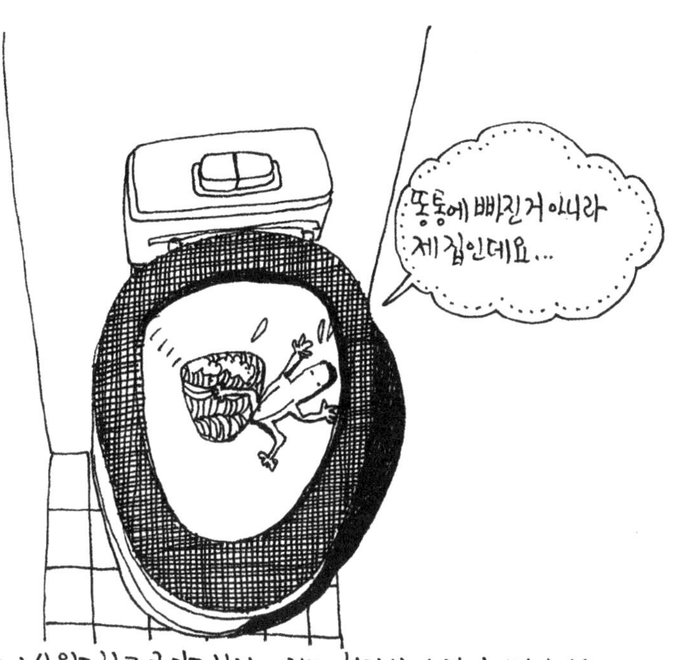

· 진짜였다. 밤에 샤워도 하고 큰 일도 보려고 캠프 화장실에 갔다. 변기 안쪽에 푸르딩딩한 게 붙어있었다. 변기 냄새 제거제인가 싶어 의심없이 바지를 내리고 편안하게 앉았다. 시원하게 일을 보고서 변기물을 내리는데 푸르딩딩한 게 버둥거렸다. 팔다리가 가는 개구리였다. 생각보다 무척 예뻤다. '독한 놈이었음 X꼬를 파고들 수도 있었겠구나' 싶었다. 태훈작가가 이야기해주었는데 뻥인 줄 알았다. 근데 아니다. 실화다. 내 똥과 함께 도매급으로 넘어가지 않으려고 버둥거리는 모습을 두 눈으로 똑똑히 보았으니까. 호주 북부로 가면 변기에 개구리가 산다. 그것도 꽤 잘생긴 녀석이.

킹스캐니언, 사막을 달리다

19

9월 7일 목요일
한 번만 더 얘기하자. 맑다.

다윈은 호주 유일의 열대기후 도시라 그런지, 휴양지 느낌이 물씬 풍긴다. 시내에서 맥주 한잔을 홀짝거린 다음, 민딜 비치 선셋 마켓Mindil Beach Sunset Market에 들렀다.

호주의 끝자락 darwin에서 보낸 하루.
오늘이동거리: 0km
총이동거리: 5.535km

호주 유일의 열대기후 도시라 그런지 휴양지 느낌이 물씬 풍긴다. 애버리진이 남긴 작품이 많은 museum & art gallery of the northern territory. 생각보다 꽤 현대적이며 어렵지 않았다. 시내에서 크래프트 맥주 한잔을 마신다음 해질 무렵엔 mindil sunset market에서 주전부리를 하면 깔끔하게 하루를 마무리할 수 있다. 호주음식(이래봐야 특별한건 없지만) 외에 홍콩, 태국, 인도네시아, 인도음식을 더 많이 접할 수 있다.

‘설마 그 다윈이 이 다윈?’

맞다. 다윈과 함께 탐사를 떠났던 비글호 선장이 이름 붙였다고 한다.

“다윈 씨. 이제부터 여긴 다윈입니다! 좋으시죠. 하하!” 이랬을까나.

수천 년 전부터 원주민이 물고기를 낚으며 잘 살던 곳이었는데 말이다.

9월 7일(목) 한번만 더 얘기하자. 맑다.

- 아침먹고 분위기가 사뭇 다르다. 아무래도 어제 미팅 여파가 있지 않았을까 싶다. 형들도 억울한게 있겠지만 왠지 눈치를 보는것 같다. 나이들면 아무리 세게 보여도 자존감이 떨어지는 걸까 싶다. 그래서 더 외롭고 더 섭섭한가. 아직까지는(?) 잘 모르겠지만 금세 알게 되겠지. 나이는 예외없이 냉정하게 먹으니까.

Yellow Water Cruises

Yellow Water Camping

Yellow Water Under the Stars

- 프로그램을 그림으로 보여주기. 쉽고 재미나고 고급지다.

- Harold joseph thomas (bundoo)의 <myali creek massacre>를 보았다. 설명에는 'A depiction of one of the worst massacre in Australian history'로 적혀있었다. 호주 역사상 가장 처참한 대학살을 묘사했다. 마치 동물을 사냥하는 장면처럼 보였다. 그들의 눈에 원주민은 '사람'이 아니었다. 실제 거리에서 원주민을 만나면 그리 깨끗하다고는 하기 어렵다. 오래 전 읽은 아서 클라크의 소설이 떠올랐다. 지성과 기술 모두 월등한 외계인이 지구를 찾아왔는데 하필이면 성경에서 묘사한 악마와 너무도 닮아서 멘붕에 빠진다. 그만큼 선입견이 무섭다. 나도 아니라고 애쓰지만 쉽게 자유로워지기 어렵다. 다행히 그들이 그린 작품은 가슴을 때린다. 사랑스럽기까지 하다. 특히 낮게 웅얼거리는 듯한 목소리가 참 듣기 좋다

노던 테리토리 박물관 및 미술관에서는
애버리진, 호주 원주민이 남긴 걸작을 만날 수 있다.
수많은 점들이 찍힌 클래식(?)한 작품부터
오팔을 캐는 노동자와 마이클 잭슨이 등장하는 유쾌한 작품까지
무척이나 다양하다.
그중에서 원주민이 학살되는 장면을 그린 작품에 꽂혔다.
1838년 30명 가까운 원주민이 유럽 이민자에 의해
아무런 이유 없이 학살당한 사건이 있었다.
그들은 이 땅에 발 디딘 순간부터
원주민들을 철저히 무시하고 없애면서
스스로 호주 사람이 되었다.
21세기에 들어서야 겨우 원주민에게 '유감'을 표했다고 하니
슬픈 역사는 여전히 진행 중이다.

* museum and art gallery of northern territory
mick namarari tjapaltjarri
untitled 1971.
david frank
opal miners
I'ma helping Superman filling up mina in billy can!
마이클잭슨입니다.
long jack phillipus tjakamarra
kapitjukumpa 1971-72
ceremony for kapi(rain) dreaming
kaylene whiskey
mingkulpa yeah!
"coober pedy is a funny place
where everyone is dreaming all the time
about shiny, colorful rocks."

뜨거운 햇살과 습도 때문인지,
한없이 평평한 건물 때문인지 몰라도 하염없이 지루해진다.
길거리에서 박스째 산 애플망고와
숙소에 딸린 수영장이 그나마 위로가 된다.
바닷물을 적당히 섞었는지, 짭조름한 물이 오히려 상쾌하다.
해 떨어지면 크래프트 맥주나 한잔 홀짝거려야지.

· 오전에 박물관과 갤러리에 다녀오다. 도시 분위기는 철 지난 휴양지 느낌이랄까. 뜨거운 햇살과 습도 때문인지 한없이 평평한 건물 때문인지 몰라도 하염없이 지루해진다. 길거리에서 박스째 산 애플망고와 숙소에 딸린 수영장이 그나마 위로가 된다. 바닷물을 적당히 섞었는지 짭조름한 물이 오히려 상쾌하다. 해떨어지면 크래프트 맥주나 한잔 홀짝거려야지.

맥주를 홀짝이다 민딜 비치 선셋 마켓에 가보았다.
목요일과 토요일 저녁에만 여는, 우리식으로 치면 '장'이다.
첫 번째, 차량과 사람이 너무 많아서 놀랐고
두 번째, 음식 코너 대부분이 홍콩, 태국, 인도네시아, 인도 등
아시아권이라서 놀랐다.
다문화 도시란 말이 무슨 뜻인지 금세 알겠다.

·darwin 에서 핫하다는 크래프트 비어 <Six tanks brew>에서 맥주 한잔을 홀짝거렸다. 넓고 시원하고 쾌적했으며 무엇보다 바텐더가 시원시원했다. 턱수염이 가슴께에 닿을 만큼 자랐고 팔에는 문신이 가득했다. 그런 외모가 서글서글하게 웃으며 탭을 만지작거리면 나도 모르게 기분이 좋아진다.

six tanks brewing co.
in darwin

·맥주를 홀짝거리다 mindil sunset market 에 가보았다. 목요일과 토요일 저녁만 여는, 우리식으로 치면 '장'이다. (그럼 오늘은 장날이네) 첫번째 차량과 사람이 너무 많아서 놀랐고 두번째 음식 코너 대부분이 홍콩, 태국, 인도네시아, 인도 등 아시아권이라서 놀랐다. 다문화 도시란 말이 무슨 뜻인지 금세 알겠다.

·숙소로 돌아와 가볍게 와인 한잔을 마시며 일기를 쓴다. 형님과 태훈작가는 11시가 되기도 전에 잠들었다. 옆차도 비슷하고 캠프 전체도 비슷하다. 달만 보는 사람도 없는데 무안스러울 만큼 밝다. 호주 스타일인가? 12시가 되기 전에 잠들고 7시가 되기 전에 깬다. 중간에 선잠을 자는 일은 거의 없다. 아침은 더할 나위 없이 개운하다. 이제 자야겠다. 12시가 아직 안 되었다. 정확히 11시 47분.

영만짤
"동호주는 어떠냐? 이 정도는 아니지?"

2장 – 킹스캐니언, 사막을 달리다

8월 31일(목) ~ 9월 7일(목)

3장 – 서호주, 미지의 습격, 우주기지

9월 15일(금) ~ 9월 21일(목)

3장 – 다윈, 그리고 브룸까지
KANGAROOS
NEXT
14 km
9월 8일(금) ~ 9월 14일(목)

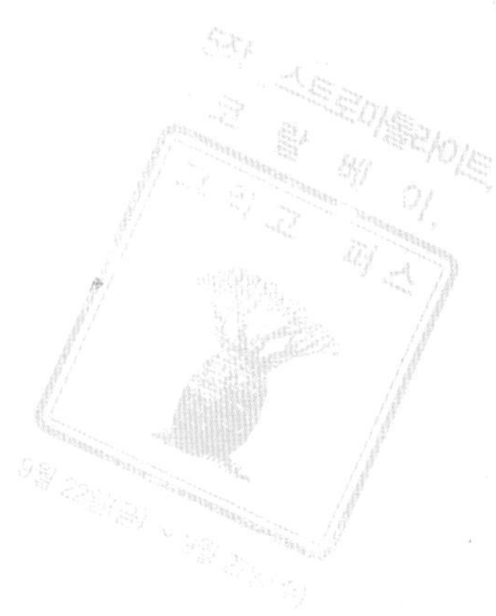

9월 8일 금요일
예상했겠지만 맑다.

리치필드 국립공원Litchfield National Park은 지역 주민들에게 훨씬 인기가 좋다. 이곳은 크기가 소박하고 물이 많으며 악어 걱정 없이 수영할 수 있다.

"kakadon't, litchfieldo!" 사랑스런 작은(?) 공원 litchfield national park

오늘 이동거리: 433km

총 이동거리: 5.968km

지역주민들에게는 훨씬 인기가 좋은 litchfield 국립공원에 가다. 우선 크기가 소박하고(고작 제주도 크기의 80%, 1.458km²) 물이 많으며 악어 걱정없이 수영할 수 있다! florence falls는 정말 깨끗하고 아름다우며 쾌적하다. 사막에서 묻힌 붉은 흙을 깨끗이 털어내고 민물에 몸을 담그면 깜짝 놀랄만큼 커다란 물고기들이 주둥이를 겁없이 갖다댄다. 악어가 아니라 다행이다. 그리고 본격적인 서호주 여행을 위하여 katherine으로 돌아오다.

동네 사람들은 카카두 공원보다 이곳이 더 좋단다.
《론리플래닛》을 보니
"Kaka-don't, Litchfield-do!"라고 적혀 있었다.
빈말은 아니었다.
…
리치필드의 개미집은 사람 키를 훨씬 넘어선다.

9월 8일 (금) 예상했겠지만 맑다

· 아침으로 형님이 준비한 '새우젓' 계란찜을 먹었다. 계란을 푼 다음 새우젓을 넣고 거침없이 국물을 부었다 (앗!) 짰다. 매우 짰다. 그래도 다윈에서 먹는 새우젓이기에 맛있었다. (그리고 여기서 살 수 있다는 게 놀라웠다.)

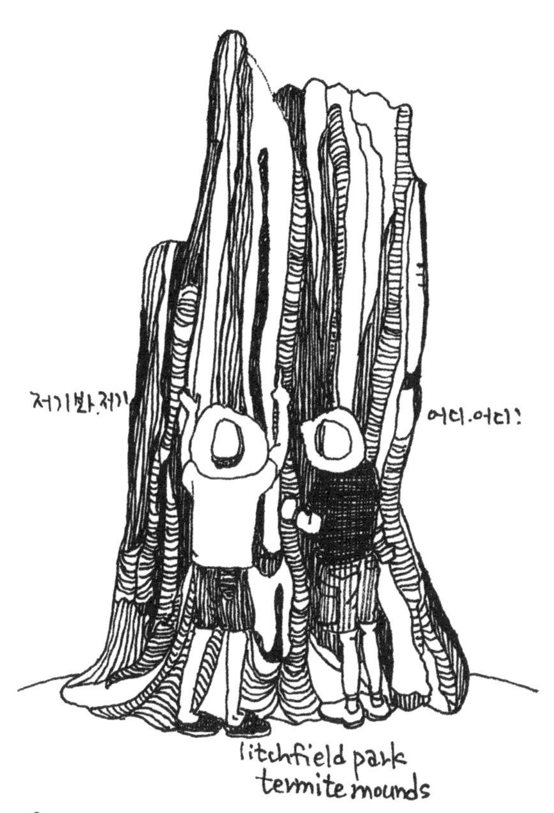

litchfield park
termite mounds

· 동네 사람들은 카카두 공원보다 litchfield park가 더 좋단다. 론리플래닛을 보니 'kakadon't, litchfieldo!'라고 적혀있었다. 빈말은 아니었다. 규모가 작다고 하지만 어디까지나 상대적이다. 카카두가 워낙 크니까. 개미집이 사람 키를 훨씬 넘어선다. 만들어진지도 자그마치 50년 전. 개미 나이로 환산하면 이집트 피라미드나 초거대, 초고대 문명 유적을 아직까지 쓰는 것과 다르지 않다. 게다가 이런 게 수백 개는 된다.

오랜만에 악어 없는 민물을 만나다.
물도 풍부했고 깨끗했다.
30센티미터가 훨씬 넘는 물고기들이 겁 없이 다가오고,
가끔 꽤 놀랄 만큼 세게 물어뜯었다.
용감한 청년은 예쁜 여자가 지켜보는 데서
크게 다이빙을 했다.
햇살은 그들만큼 크게 반짝거렸다.

• 오랜만에 악어없는 민물을 만나다. 물도 풍부했고 깨끗했다. 30센티미터가 훨씬 넘는 물고기들이 겁없이 다가오고 가끔 꼬나 놀랄만큼 세게 물어뜯었다. 용감한 청년은 예쁜 여자가 지켜보는데서 크게 다이빙을 했다. 햇살은 그들만큼 크게 반짝거렸다.

고속도로를 달리다 보면
조지 밀러의 〈매드 맥스〉 시리즈가
그냥 나온 게 아님을 알 수 있다.
영화 속 중무장한 차들이 '실제로' 달리고 있기 때문이다.

영만짤
"촌각을 느끼며 살아야 돼. 나도 내가 일흔이 될 줄 알았겠냐?"

· 고속도로를 달리다 보면
조지 밀러의 <매드맥스> 시리즈가
그냥 나온 게 아님을 금세 알 수 있다.
영화 속 중무장한 차들이 '실제로'
달리고 있기 때문이다.
road train은 50미터가 넘는다.
로드킬은 피할 수가 없다.

road train in cossack

9월 9일 토요일
새들이 지저귀는 맑은 하루.

노던 테리토리Northern Territory. 한반도의 6.5배나 되는데, 인구는 고작 20만 명을 간신히 넘긴다. 사람보다 붉은 흙과 은하수가 주인인 셈이다.

northern territory에서 보내는 마지막 날.
오늘이동거리: 467km
총이동거리: 6.435km

northern territory. 한반도의 무려 6.5배나 된다. 그런데 인구는 고작 20만명을 간신히 넘긴다. 사람보다 붉은 흙과 은하수가 주인인 셈이다. 서호주로 넘어갈 때는 반드시 검역을 거친다. 채소, 과일, 견과류 그 밖에 씨가 들어있거나 싹이 트는 식물은 모두 버려야 한다. 검역소에서 얼마 떨어지지 않은 keep river national park에서 노숙하면서 냉장고 속 채소와 재료를 아낌없이 써서 만찬을 준비했다. 뱃속에 넣어가면 끝이니까.

졸음 쉼터에서 두 친구를 만났다.
호주에서 여행하다 만난 두 친구.
한 명은 벨기에, 또 한 명은 프랑스에서 왔다.
햇빛 아래서 머리 깎고 있었다.

9월 9일 (토) 새들이 지저귀는 맑은 하루

• 오늘은 이동하는 날이다. 600킬로미터를 달려야 한다.

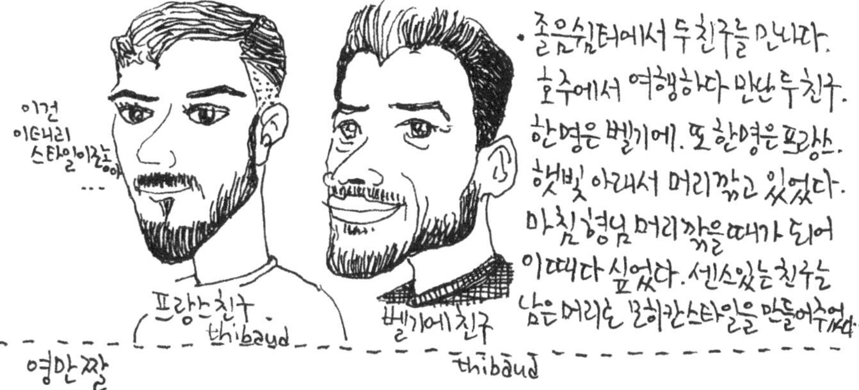

• 좋은 쉼터에서 두 친구를 만났다.
호주에서 여행하다 만난 두 친구.
한 명은 벨기에. 또 한 명은 프랑스.
햇빛 아래서 머리 깎고 있었다.
마침 형님 머리 깎을 때가 되어
이때다 싶었다. 센스 있는 친구는
남은 머리로 모히칸 스타일을 만들어주었...

영만 짤
"그래도 남길 머리가 있구나."

• 형님은 헤어스타일링에 대한 보답으로 티셔츠에 얼굴을 그려주었다. 만약 한국 친구, 아니 한국사람을 만날 때 꼭 보여주라고 또박또박 사인해주었다. 엄청 좋아했다. 어쩌면 평생 다시 못 볼 사람들. 하지만 작은 호의를 나누면 기억은 죽을 때까지 흐뭇하게 남는다. 형님에게는 이번 여행에서 가장 '빛나는' 순간일지도 모르겠다.

주 경계 앞 킵리버 국립공원에서 노숙을 하기로 결정.
서호주로 넘어가면 채소, 과일, 견과류는 모두 버려야 한다.
그래서 저녁은 냉장고에 있는 채소를 아낌없이 써서 준비했다.
오이나물과 무를 듬뿍 넣어 조린 꽁치를 준비했다.
마늘은 모두 까서 잘게 썰어 냉동실에 넣었다.
파, 고추, 고수도 모두 냉동실에 넣었다.
감자는 삶았고 남은 양파는 모두 썰었다.
호박과 버섯을 곁들여 내일 아침 스프를 끓이려고 한다.
망고는 부지런히 먹는 데까지 먹고,
귤도 사과도 아침으로 먹으려고 한다.
호주 국립공원에서 은하수 아래 벌어진 일이다.

· 주경계 앞 keep river national park 에서 노숙을 하기로 결정. 서호주로 넘어가면 채소. 과일. 견과류는 모두 버려야 한다. 그래서 저녁은 냉장고에 있는 채소를 아낌없이 써서 준비했다. 용권이 형은 잡채를 만들고 나는 무, 오이나물과 무를 듬뿍 넣어 조린 꽁치를 준비했다. 마늘은 모두 까서 잘게 썰어 냉동실에 넣었다. 파, 고추, 고수도 모두 냉동실에 넣었다. 감자는 삶았고 남은 양파는 모두 썰었다. 호박과 버섯을 곁들여 내일 아침 스프를 끓이려고 한다. 망고는 부지런히 먹는 데까지 먹고 귤도 사과도 아침으로 먹으려고 한다. 2호차도 남은 채소 다듬느라 여념이 없다. 마치 사이좋게 김장 준비하는 모습 같다. 호주 국립공원에서 은하수 아래 벌어진 일이다.

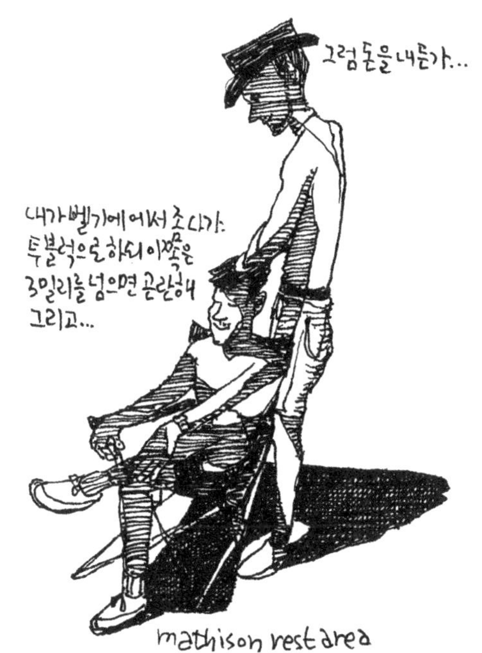

* 봉주르가 달라졌다. 아무것도 안 할 것 같았는데 운전을 하고 아침을 준비하고 청소도 한다. 심지어 오늘 밤은 설거지뿐만 아니라 마늘까지 깐다. 이러다가 진짜 요리하는 모습까지 보게 되는 건 아닌지... 여행에서 이야기하기. 사람을 바꿀 수 있다!!

오랜 시간 함께 다니다 보면
엄청 친해지기도 하지만, 때로는 미치도록 예민해진다.
양말을 아무 데나 놓거나, 혼자만 푹 잔다거나,
설거지를 아예 남의 일로 여기면 단박에 폭발해버린다.
근데 곧 터질 순간에 피식 웃으면 한결 낫다.

· 형님은 시덥지 않은 농담을 잘 던진다. 그래야 여행이 덜 지루하다. 오랜시간 함께 다니다보면 엄청 친해지기도 하지만 때로는 미치도록 예민해진다. 양말을 아무데다 놓거나 혼자만 푹 잔다거나 설거지를 아예 남의 일로 여기면 단박에 폭발해버린다. 근데 곧 터질 순간에 피식 웃으면 한결 낫다. 피로도 풀리며 상대에 대한 원망도 사그러든다. 형님은 오늘 몸으로 웃겼다. 모두 행복했다.

9월 10일 일요일
달은 밝게 떠 있는데 해가 또 떠오르다. 맑다.

서호주에 오면 풍경이 바뀐다. 덕분에 덜 지루하다. 아길호 Lake Argyle**에서 거대한 푸른 물로 눈을 잠깐 적신 뒤에 다시 지루하게 달린다.**

호주에서 두번째로 큰 저수지를 거쳐 bungle bungle range로!
오늘 이동거리: 370km
총 이동거리: 6,805km

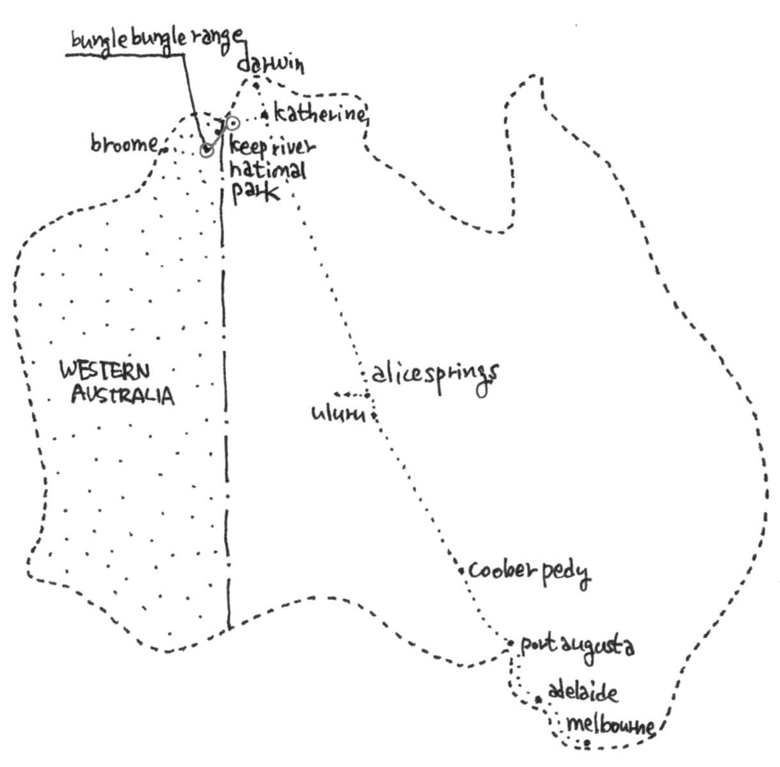

서호주에 오면 풍경이 바뀐다. 대표적으로 바오밥 나무와 비슷하게 생긴 보압_boab 나무가 눈에 띈다. 덕분에 덜 지루하다. lake argyle에서 거대한 푸른 물로 눈을 잠깐 적신 뒤에 다시 지루하게 달린다. 오늘은 bungle bungle range까지 달려본다. 1982년이 되어서야 일반에게 알려진 비경이다. 물과 바람과 시간이 무려 3억 5천만 년 전에 만들어졌는데 말이다.

앵무새가 하도 시끄럽게 울어서 어쩔 수 없이 일어났다.
새벽 5시 10분.
달이 훤하게 떠 있는데 동이 트려고 한다.
다윈에 비해 훨씬 시원하다.
긴팔을 꺼내 입다.
풍경을 조용히 지켜보다.
보압 나무 사이로 해가 뜨다.
앵무새 소리를 지우려고 헤드폰을 끼고 윌리 넬슨을 듣다.
더 어울린다.

9월10일(일) 달은 밝게 떠있는데 해가 또 떠오른다. 맑다

· 앵무새가 하도 시끄럽게 울어서 어쩔수없이 일어나다. 새벽 5시10분. 달이 훤하게 떠있는데 동이 트려고 한다. 다윈에 비해 훨씬 시원하다. 긴팔을 꺼내 입다. 풍경을 조용히 지켜보다. 보압나무 사이로 해가 뜬다. 앵무새 소리를 지우려고 헤드폰을 끼고 윌리 넬슨을 듣다. 더 어울린다.

· 이제부터 western australia 다! northern territory에서 산 과일과 채소는 모두 뱃속에 넣어두다. 그래서 스프를 끓이다. 이름하여 boarder soup! 그냥 버리지 말고 끓여라! 양파, 감자, 호박, 버섯을 듬뿍 넣어 끓여라!

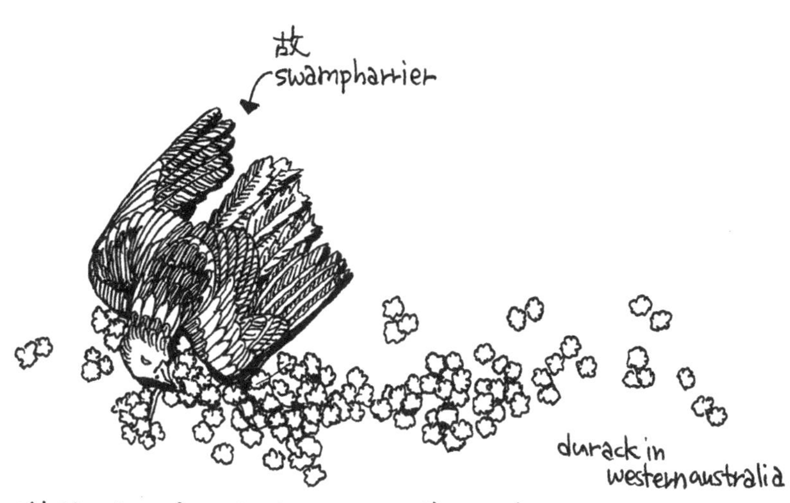

· 가는길에 bushfire가 일어나다. 이미 불에 탄 흔적은 무척 많이 보았지만 실제로 활활 타들어가는 모습은 처음 보다. 뜨거운불을 피해 메뚜기들이 튀어나오고 메뚜기를 잡아먹으려 새들이 몰려온다. 그녀석들 머리위에는 새까만 매들이 커다랗게 그림자를 드리우며 빙빙 돌고있다. 어쩌다 매 한 마리가 죽어있다. 애도라도 하듯 꽃 위에 반듯하게 놓여있다. 불과 매, 참새들과 메뚜기 그리고 꽃과 붉은 땅. 잠깐이지만 풀숲 연대기를 맛보다.

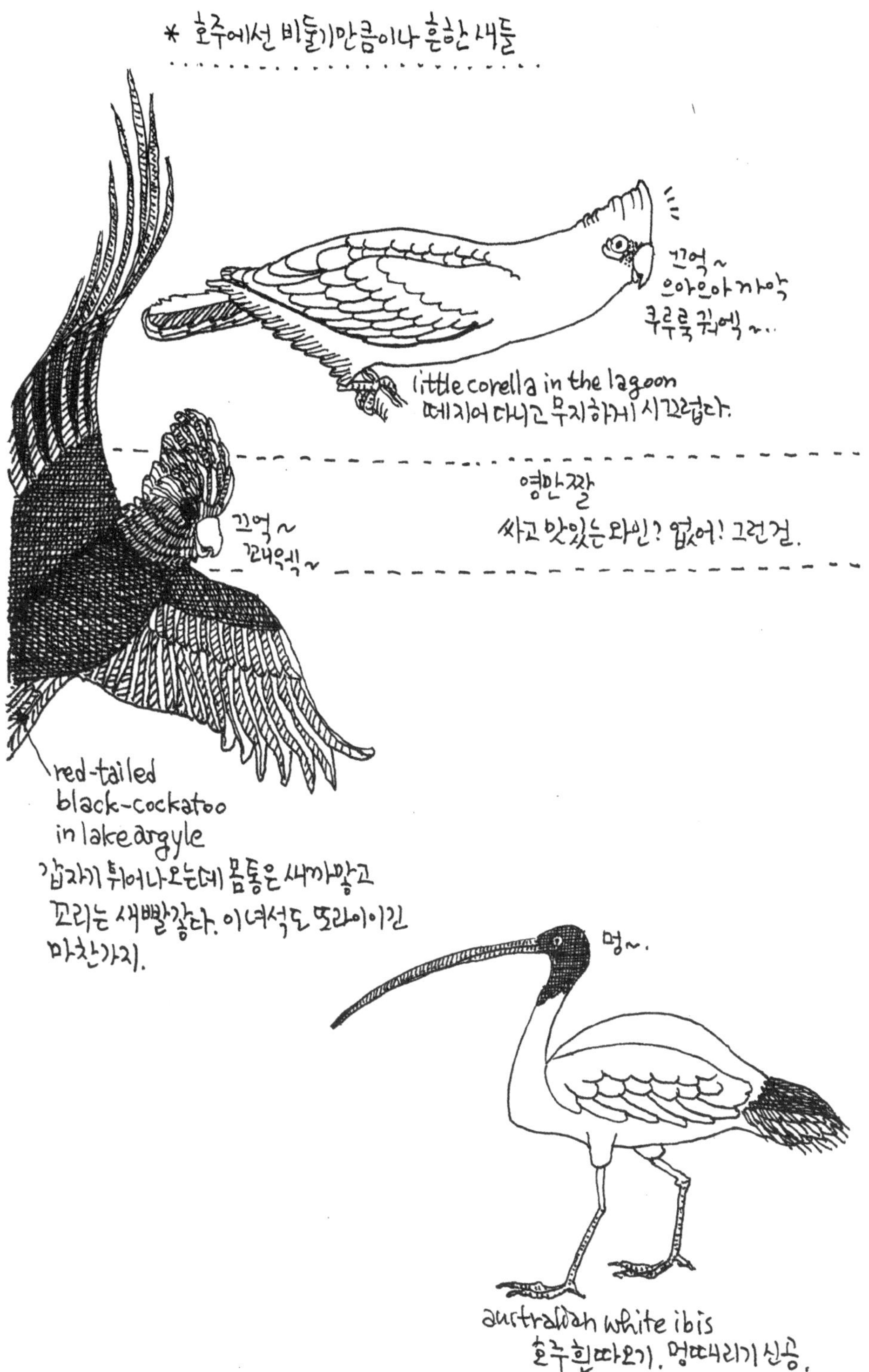
* 호주에선 비둘기만큼이나 흔한 새들
끄억~
으아으아 까악
쿠루룩 꿔엑~..
little corella in the lagoon
떼지어 다니고 무지하게 시끄럽다.
영만짤
싸고 맛있는 와인? 없어! 그런걸.
끄억~
red-tailed
black-cockatoo
in lake argyle
갑자기 튀어나오는데 몸통은 새까맣고
꼬리는 새빨갛다. 이녀석도 또라이이긴
마찬가지.
멍~.
australian white ibis
호주흰따오기. 멍때리기 신공.

9월 11일 월요일
서호주에 왔으니까… 여전히 맑다.

벙글벙글 레인지Bungle Bungle Range까지 가려면, 먼저 사륜구동 차량이어야 한다. 우리 차로는 아예 갈 수가 없다. 그래서 하루짜리 투어를 신청해서 다녀와야 하는데, 고민 끝에 모두 함께 가기로 결정하다!

bungle bungle range를 꼼꼼하게 둘러보자.

오늘 이동거리: 0km

총 이동거리: 6,805km

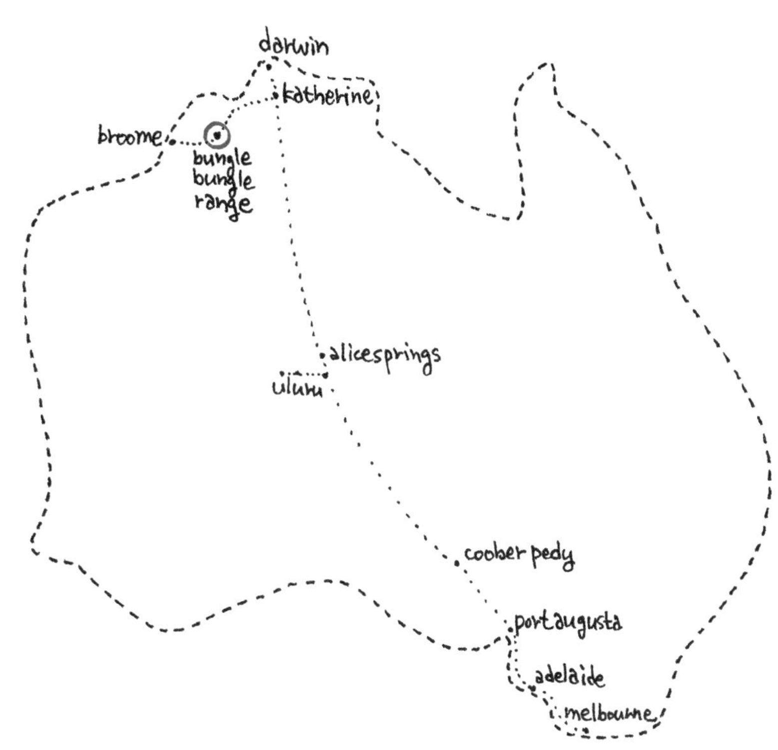

bungle bungle range까지 가려면 먼저 4WD 차량이어야 한다. 우리 차로는 아예 갈 수가 없다. 그래서 하루짜리 투어를 신청해서 다녀와야 한다. 가격은 1인당 300불이 넘는다! (우리 돈으로 27만 원!) 고민 끝에 모두 함께 가기로 결정하다! 이제 ~~본전 뽑는~~ 비경을 즐기는 일만 남았다.

주 경계를 지나면서 1시간 반 시차가 생기다.
노던 테리토리에서 아침 9시였다면,
웨스턴 오스트레일리아에서 7시 30분이다.
덕분에 어제 내내 1시간 반을 번 기분으로 지냈다.
그럼에도 불구하고 아침 해는 6시가 되기 전에 뜬다.
아, 이래서 시간을 바꿔주는구나 싶다.

9월 11일 (월) 서호주에 왔으니까... 여전히 맑다

· 주경계를 지나면서 1시간 반 시차가 생기다. northern territory 에서 아침 9시였다면 western australia 에서 7시 30분이다. 덕분에 어제 내내 1시간 반을 번 기분으로 지냈다. 그럼에도 불구하고 아침 해는 6시가 되기 전에 뜬다. 아. 이래서 시간을 바꿔주는구나 싶다.

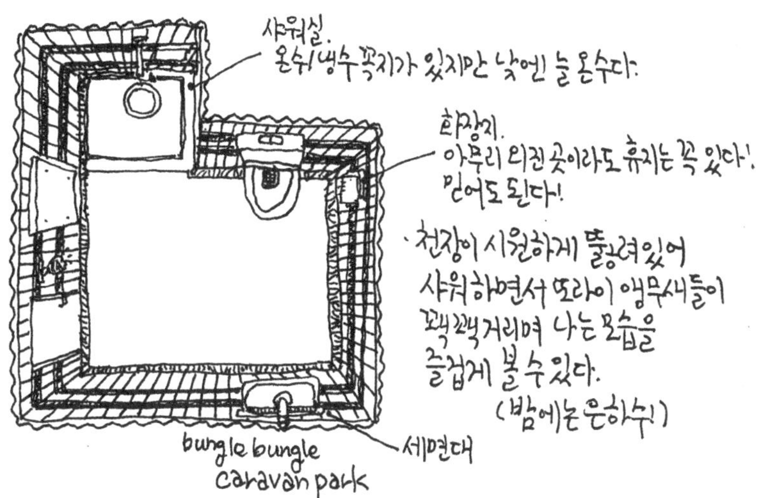

· purnululu national park 의 세계유산인 bungle bungle range 를 가려면 두 가지 방법이 있다. 첫째 4WD 차량을 직접 몰고 간다. 둘째 투어 프로그램을 이용한다. 우리 차량으로는 어림도 없어서 두 번째 방법을 골랐다. 비용은 1인당 300불이 넘는다! (점심, 저녁 포함)

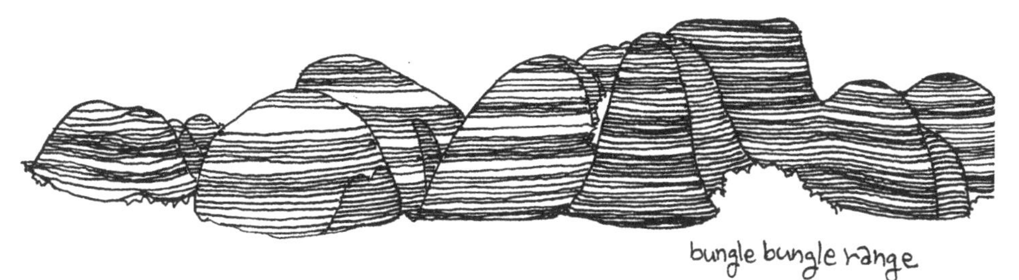
bungle bungle range

비경은 쉬워서는 안 된다.
도로나 케이블카가 놓이는 순간…
음.

cathedral gorge
in ~~bulge~~ bungle bungle
range

· 마치 오래된 수영장 바닥을 걷는 기분이다.
거대한 물길이 남긴 흔적을 따라 온종일 걸었다. 바싹 말랐다.
비포장도로, 미친듯이 흔들리는 (운전사는 'kimberley massage'라도 했다) 사륜버스,
붉은 흙먼지, 부실한 점심, 비싼 가격이 상품이 된다. 이른바 '쪼는' 맛 때문이
아닐런지. 비경은 쉬워서는 안 된다. 도로나 케이블카가 놓이는 순간… 음.

"혼자 있어보니 알겠더라고.
다른 사람에게 행복을 바라는 게 어리석은 일이라는 걸.
나랑 좀 더 친해져야 되겠어.
…
건강하게 여행 잘해라. 운전 조심하고."
엄마랑 통화하다.

"혼자 있어보니 알겠더라구. 다른사람에게 행복을 바라는게 어리석은 일이라는 걸.
나랑 좀 더 친해져야 되겠어. 이제 통영에도 친구랑말고 혼자 갈 수 있을 것 같아.
그래. 어르신들이랑 다닐 때는 말수 줄이고 니 할일을 해. 그럼 다들 좋아할거야.
건강하게 여행 잘 해라. 운전 조심하구." – 엄마랑 통화하다.

9월 12일 화요일
서호주 두메에서도 여전히 맑다.

서호주에 오면 달라질 줄 알았다. 하지만 보란 듯이 지겹다. 조금만 더 가면 브룸Broome 이다.

인도양을 향해 부지런히 달린다.
오늘 이동거리: 484km
총 이동거리: 7,289km

서호주에 오면 달라질 줄 알았다. 하지만 보란듯이 지겹다. 소실점 지옥은 다시 등장하였고 딱히 쉴 곳도 없다. 조금만 더 가면 broome 이다. 거기에는 인도양이 펼쳐져 있다. 차가운 민물 수영장도 있으며 더욱 차가운 맥주도 마실 수 있다. 어서 빨리 인도양 파도에 몸을 맡기고 싶다. 꿈을 꾸면서 멍하게 앞을 보며 핸들을 잡는다.

서호주 도시 브룸을 향해서 달려가기로.
중간에 특별히 둘러볼 곳은 없다.
어쩌면 가장 지루할 수도 있는 하루.
그나마 다행인 건 소실점 지옥이라고 부르는
노던 테리토리보다는 좀 낫다.
길 폭도 달라지고, 적당히 커브도 있으며
돌과 나무, 잡목이 다양하게 섞여 있어 훨씬 덜 지루하다.

9월 12일 (화) 서호주 두메에서도 여전히 맑다

· 생각보다 일찍 일어나다. western australia에 오면서 1시간 반이 당겨졌다. 어제와 같이 일어나도 1시간 반 일찍 일어난 셈이다. 게다가 형님들. 새벽잠이 없으니 해 뜨기 전부터 하루가 시작되다. 매들은 또라이 앵무새들과 달리 몹시 조용하다. 사냥하는 동물은 터프하기보다 부드럽다. 조용하게 스며든다. 그녀석들에게 오로지 한순간에 다 걸(ㄹ)기 때문이다. 캠퍼밴 옆 나무에는 매들이 모여 침묵한다. 몸에 밴 습관이겠지.

crested pigeon
머리깃비둘기.

흔히 볼 수 있는 호주 비둘기.
이름은 따로 있지만 나는 '함식' 비둘기라 부른다는... (나폴리에서 뛰는 축구선수.
'난 내 머리에 바를 왁스값이면 충분하다'며 구단과 의리를 지키고 있다.)

· 서호주 도시 broome을 향해서 달려가기로. 중간에 특별히 둘러볼 곳은 없다. 어쩌면 가장 지루할 수도 있는 하루. 그나마 다행인 건 소실점 지옥이라고 부르는 northern territory 보다는 좀 낫다. 길 폭도 달라지고 적당히 커브도 있으며 풀과 나무, 잡목이 다양하게 (northern과 비교다. 어디까지나) 섞여 있어 훨씬 덜 지루하다. 게다가 우리에게 특별한 멤버가 있지 않은가?

영만 짤

"지금부터 재미있다구? 온 지 20일 만에? 에이 XX."

캠퍼밴 생활은 결혼 생활과 몹시 닮았다.
좋아도 같은 공간, 싫어도 같은 공간에서 버텨야 한다.
문제가 생겨도 외부 전문가를 모시거나,
충고를 하거나, 투정을 들어줄 이도 없다.
마치 달 기지에 남은 우주인처럼
같은 물과 같은 공기를 마시며 어떻게든 풀어야 한다.

· 캠퍼밴 여행은 결혼 생활과 몹시 닮았다. 좋아도 같은 공간, 싫어도 같은 공간에서 버텨야 한다. 문제가 생겨도 외부 전문가를 모시거나 출근을 하거나 투정을 들어줄 이도 없다. 마치 달 기지에 남은 우주인처럼 같은 물과 같은 공기를 마시며 어떻게든 풀어야 한다. 태훈 작가가 오늘 또 약을 잘못 먹었다. 수면유도제를 먹고 오전에 그냥 잤다. 1시간 단위로 교대하기로 했는데 덕분에 오전 내내 운전을 했다. 게다가 운전이 불안해서 교대하려고 했는데 쓰레기 버리는 사이 나도 버리고 떠났다. 지갑도 없고 스마트폰도 두고 내렸는데 황당했다. 다행히 2호차가 아직 떠나기 전이었다. 그럼 버려둔 멤버부터 찾아야 하는데 가는 길에 로드트레인 기사를 만나 인터뷰를 했단다. 그래도 여기는 달 기지니까 같은 물과 같은 공기를 마시며 어떻게든 풀어야 하니까.

'형, 다음에 또 이러면 저 운전 안 할 겁니다.'

'그리고 무엇보다 위험하잖아요.'

태훈 작가는 장점도 많다. 금방 받아들인다. 50대 남자가 뭐든 지적받아 싫은 소리 들었을 때 그대로 받아들이는 경우 그리 많지 않다. 그래서 금세 풀었다. 나도 내 속에 쌓일 뻔한 감정을 당사자에게 그대로 털었고 형도 그대로 받아줬으니 다 된 거였다. 조금 남은 이야기는 여기다 쓸 수 있으니 앙금마저 털어낸 셈이다. 좋은 사람임에 틀림없다. 다만 손이 많이 가는 사람임에도 틀림없다. 나도 이걸로 끝! 이야기 그만!!

영만 짤

'그 작가는 3천 장 그렸다구? 난 지금까지 20만 장 그렸는데 ㅋㅋ'

낮에 하도 더워서 그런지, 밤이 너무 선선해서 그런지
영만 형님과 용권이 형은 지금 밖에서 잔다.
은하수를 덮고 잔다. 나도 밖에서 음악 좀 듣다가 자야지.

· 낮에 하도 더워서 그런지 밤이 너무 선선해서 그런지
영만형님과 용권이형은 지금 밖에서 잔다.
은하수를 덮고 잔다. 나도 밖에서 음악 좀 듣다가 자야지.

9월 13일 수요일
누가 뭐래도 오늘도 맑을 거야. 틀림없지.

가는 길에 진짜 거대한 보압 나무를 만나다. 원주민들은 예로부터 이 나무를 먹고, 약으로 쓰고, 쉼터로 썼다. 이 지역에서만 볼 수 있는 매우 특별한 나무임에는 틀림없다.

드디어 broome에 도착하다!
오늘 이동거리: 334km
총 이동거리: 7.623km

가는 길에 진짜 거대한 보압_boab 나무를 만나다. 생명체라기보다는 구조물에 가까워 보인다. 가장 오래된 건 무려 1.500살이라고. 원주민들은 예로부터 이 나무를 먹고, 약으로 쓰고(당연히) 쉼터로 썼다. 지금도 상업적으로 재배하는데 잎은 샐러드로 쓰고 연한 뿌리를 먹는다고 한다. 식감은 납빵거, 맛은 당근과 비슷하다고. 이 지역에서만 볼 수 있는 매우 특별한 나무임에는 틀림없다.

알고 보니 이곳은

사랑과 낭만, 그리고 '번식'이 가득한 곳이었다.

…

애꿎은 함식이만 훠이 하며 쫓아낸다.

9월 13일 (수) 누가 뭐래도 오늘도 맑을거야. 틀림없지.

· 알고보니 이곳은 사람과 낭만 그리고 '번식'이 가득한 곳이었다. 함식이는 댓바람부터 제짝을 찾아 필사적으로 껄떡거린다. 눈알이 빨개서 그런지 더욱 간절해 보인다. 어제 오후에 왔을때만 해도 우리차랑 은하수만 있을 줄 알았다. 하지만 어둠이 내리기 전 하나둘씩 은밀하게 오더니 제법 북적거렸다. 밤에는 심증은 충분히 가지만 물증까지는 그런 '사운드'가 들려왔다. 사막에서 들리니 무척 초현실적이었다. (이 맛에 오는걸지도?) 건기가 끝나면 우기가 찾아올테고 ... 아 그소리. 집중이 안 된다. 괜히 애꿎은 함식이만 훠이하며 쫓아낸다.

"내가 제일 싫어하는거 (또) 하고 있는 줄 알고 있어(는)?"
"내가 또 뭘..."

· 배경음악은 deodato의 <Love Island>로. ▶

보압 boab 나무 아래서 시덥잖은 농담을 나눌테지만

둘은 아주 오래된 친구.
boab tree rest area

한창 사막을 횡단할 때
형님은 똑같은 경치에 아주 신물 난다며
'낚시는 언제 할 수 있는지' 물어보았다.
형님에게 낚시는 단순히 바다에서 고기를 잡는 행위가 아니었다.
짜증과 분노, 권태와 입덧을 버텨내는 에너지 드링크와
다를 바 없었다.

· 형님 머릿속을 들여다볼 수는 없지만 지금까지 정황으로 보면 이렇다. 뭐든 한 가지에 꽂히면 꼭 해야된다! 멸치사태 in 애들레이드가 그랬고 새우젓 in darwin이 그랬다. 한창 사막을 횡단할 때 형님은 똑같은 경치에 아주 신물난다며 '낚시는 언제 할 수 있는지' 물어보았다. 그 뒤로 컨디션이 조금 안 좋거나 먼지가 많거나 주식이 30원 이상 떨어질 때마다 낚시 이야기를 꺼냈다. 형님에게 낚시는 단순히 바다에서 고기를 잡는 행위가 아니었다. 짜증과 분노, 권태와 입덧을 버텨내는 에너지드링크와 다를바 없었다. 그런데 총무가 도착했는데 낚시천국 broome 예산이 모자르다며 낚시를 빼자고 했으니… 음

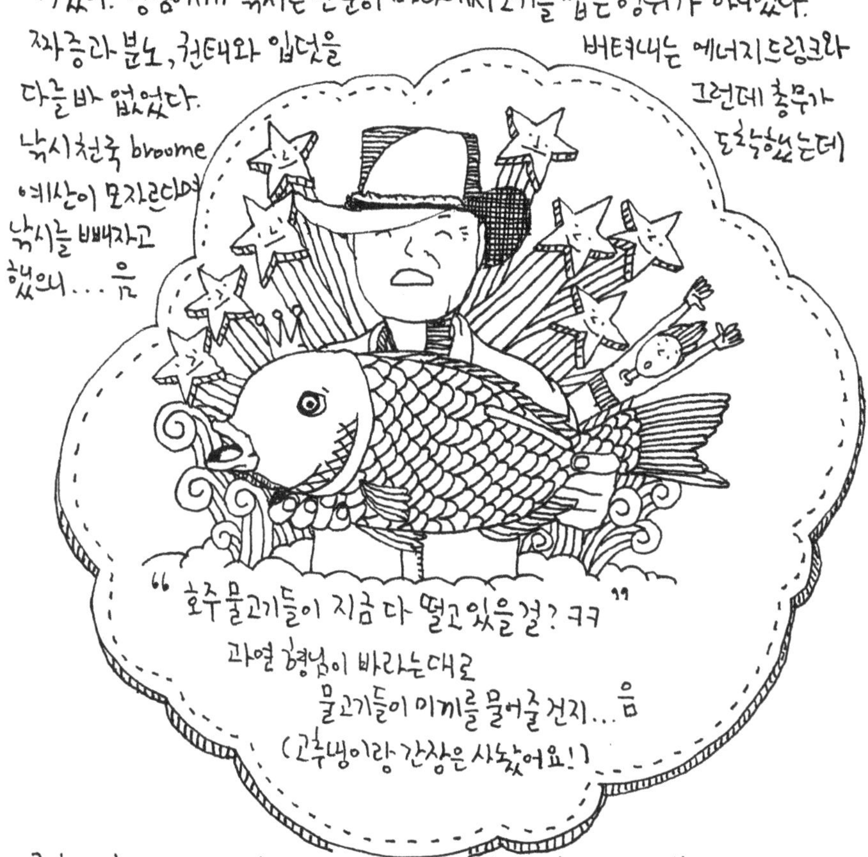

· 급히 태훈작가와 상의해서 모두 가지 않아도 좋으니 형님하고 두분이 다녀오는게 어떠냐고. 경비는 전체예산에서 어떻게든 해보고 정 안 되면 1/n 하자고 제안했다. 저녁 먹고 모두 모여 회의를 했고 형님과 작가가 가기로 했다. 그제서야 형님얼굴에 별빛, 달빛, 햇빛이 가득했다. 상기하자 멸치! 다시보자 새우젓!

9월 14일 목요일
무더운데도 불구하고 여전히 맑다.

느긋하게 커피도 마시고, 시덥잖은 농담을 던지다가 빨래를 돌렸다. 브룸에서 휴식을 취하며, 일몰을 조용히 맞이하다.

broome에서 휴식. 일몰을 조용히 맞이하다.

오늘 이동거리: 0km

총 이동거리: 7.623km

시간이 흐르면 잊혀지는 게 당연하지만 반대로 시간이 흐를수록 선명해지는 경우도 있다.(선명해지기도 한다.) 브룸에서 보았던 두 번의 일몰이 그렇다. 적도처럼 너무 서두르지도 않고 북유럽처럼 지나치게 느긋하지도 않았다. 눈이 태양을 따라가며 끝자락이 바다에 잠길 때까지 걸음을 멈춘 채 (모두들 조용히 먼 곳을 바라본다. 브룸 자체가 대단한 마을이라고 하긴 어렵지만 일몰을 떠올리면 나도 모르게 '아. 브룸'이라고 가볍게 내뱉게 된다.

9월 14일 (목) 무더운데도 불구하고 여전히 맑다

• 오전에 밥 먹고 출발하지 않으니 이리 여유로울 수가 없다. 느긋하게 커피도 마시며 시덥잖은 농담을 던지다가 빨래를 돌렸다. caravan park 안에 멋진 수영장에서 V30를 물 속에 던지며 낄낄거리면서 놀았다. 빨래는 다 널고 시계를 보니 아직도 11시가 되지 않았다. 우리가 정말 부지런히 달리고 있구나 싶었다. 점심 먹고 오후에 아무것도 안 하고 있다가 해질 무렵 cable beach에서 파도 타고 놀아야지. 이게 진짜 호주식 홀리데이 아닐런지요…

cable beach
caravan park

• 형님은 <예스24>에 연재 중인 주식만화 <3천만원> 때문에 한국주식시장을 기준으로 생활한다. 자문단이 주문한대로 실시간으로 주문해야 하기 때문이다.
"에이. 40원 (4만원이나 40,400만원 아님)이 빠졌잖아."
주식만화 두 번만 연재했다간 성격 버리시겠어요. 형님!

바다, 특히 해지는 모습은
그냥 눈에 담는게
가장 선명하고 아름답다.
Cable beach
sunset PM5:46

cable beach sunset

3장 - 다윈, 브룸까지
KANGAROOS
NEXT
14 km
9월 8일(금) ~ 9월 14일(목)

2장 - 킹스캐니언, 사막을 달리다
DANGER
CROCODILES
NO
SWIMMING
8월 31일(목) ~ 9월 7일(목)

4장 _ 서호주, 미지의 습격, 우주기지

9월 15일(금) ~ 9월 21일(목)

서호주, 미지의 습격, 우주기지

27

9월 15일 금요일
드디어! 흐린 줄 알았는데 해가 덜 떴네. 맑음.

이틀을 브룸에서 쉬었으니 오늘은 부지런히 달린다. 지도를 보고 바닷가 길인 줄만 알았는데, 바다는 보이지도 않는다. 또다시 소실점 지옥이 시작되었다.

지도를 보고 바닷가 길인 줄 알았는데 젠장!
오늘 이동거리: 482km
총 이동거리: 8,105km

지도를 보면 나처럼 누구나 '오늘은 바다를 실컷 보면서 달릴 수 있군'이라고 상상할거다. 그런데 호주는 생각보다 훨씬 크다는 사실을 잊어서는 안 된다. 지도에서는 툭 치면 바닷물이 묻을 것처럼 보여도 실제로는 20킬로미터나 떨어져 있다. 은평구 우리집에서 광명시까지 가야 바다인 셈이다. 덕분에 하루종일 지겹게 '거대한 X'과 '소실점 지옥'을 왔다갔다 했다.

지도를 보니 도로 옆으로 해안선이 붙어 있다.
바다를 보면서 달리면 무척 상쾌하겠지.
가끔 창문 열고 살짝 습한 바다 공기도 맛봐야지.
아! 듀스의 〈여름 안에서〉도 들어볼까?
쉬어서 그런지, 코스가 좋아서 그런지
아침부터 어깨가 들썩인다.

9월15일 (금) 드디어! 흐린줄 알았는데 해가 덜떴네. 맑음

- 냉장고에 남은 거라곤 고추, 마늘 얼린것 (파는 끝), 햄 반덩이, 김치, 치즈, 멸치, 새우젓, 명란 (아직 뜯지도 않았다) 정도다. 야무지게 먹는다. 물도 한 박스 새로 사야한다. 계란과 파, 새우젓을 넣고 계란찜을 했더니 파리들이 몹시 좋아한다. 아니 목숨걸고 달려든다. 마치 양봉업자가 된 기분이다. 파리는 전자렌지 돌린 새우젓을 좋아해!!

- 이틀을 블룸에서 쉬었으니 오늘은 부지런히 달려야지. 지도를 보니 도로옆으로 해안선이 붙어있다. 바다를 보면서 달리면 무척 상쾌하겠지. 가끔 창문 열고 살짝 습한 바다 공기도 맛봐야지. 아! 듀스의 <여름안에서>도 들어볼까? 쉬어서 그런지 코스가 좋아서 그런지 아침부터 어깨가 들썩인다.

sandfire roadhouse
near eighty mile beach

- 진짜 불이 난것처럼 모래가 빨갛다.

어린 왕자가 사라진 사막 그림처럼
내가 그린 길과 같은 곳이 호주에는 수백 곳이 넘을 거다.
'복사 → 붙여넣기' 지옥에서 우리를 구원해준 이는
바로 '토이', '언니네 이발관',
그리고 1980년대와 1990년대를 아우르는 발라드 가수들이었다.
댄스보다 발라드! 단연코 발라드다.
목 놓아 따라 부르다 보면 20~30킬로미터는 우습게 지나친다.
덕분에 오전에 150킬로미터를 달리고, 오후에 150킬로미터를 더 운전했다.
지옥행 고속도로에 올라도 〈뜨거운 안녕〉을 부를 수만 있다면 견딜 만하다.
못 믿겠다고? 그럼 와보시든가.

• 호주는 마치 기획부동산같다. 바닷가가 가깝다고 하는데 '기깟'(음,...) 20킬로미터 떨어져 있다. 빈도에서 자라난 사나이에게 그깟 20킬로미터는 '남의 땅'이었다. 바다는 보이지도 않고 또다시 소실점 지옥이 시작되었다. 게다가 지평선지옥까지 더해지니 무슨 연옥에서 2천년 뒤에 잡혀있는 심판을 기다리는 기분이 들었다. 한낮 기온은 거의 40도에 육박한다. 부지런히 에어컨을 틀지만 햇살이 닿는 피부는 아플만큼 뜨겁다. 발가락은 시리고 팔등은 타들어가고. 호주산 에너지드링크를 들이부어보지만 지루함은 쉽게 가시지 않는다. 오늘 500킬로미터는 달려야 하는데. 죽을 맛이다.

on the road.
: 거대한 V

• 어린왕자가 사라진 사막 그림처럼 내가 그린 길과 같은 곳이 호주에는 수백곳을 넘을거다. ctrl+c, ctrl+v 지옥에서 우리를 구원해준 이는 바로 '토이' '언니네이발관' 그리고 80년대와 90년대를 아우르는 발라드 가수들이었다. 댄스보다 발라드! 단연코 발라드다. 목놓아 따라부르다보면 2230킬로미터는 우습게 지나친다. 덕분에 오전 150킬로를 달리고 오후에 150킬로를 더 운전했다. 지옥행 고속도로에 올라도 <뜨거운 안녕>을 부를수만 있다면 견딜만하다. 못 믿겠다고? 그럼 와 보시든가.

• Cape Keraudren에 도착하다. 일몰을 즐기고 나서 캠퍼밴으로 돌아오니 비를 맞은 것처럼 젖어있다. 맑은 날인데 그만큼 습하다. 더워도 건조해서 견딜만했는데 밖에 잠깐 있었는데 머리카락이 촉촉해질정도다. 오늘밤 잠은 다 잤스... (또 토이인가?!)

아이들이 축축한 맨땅 위를 맨발로 뛰어다닌다.
곁에 있는 부모는 그저 웃기만 한다.
자연을 느끼라는 건가.
때로는 벌레가 물고 생채기도 나겠지만
다 자연이고 일상이란 진리를 자연스레 배우게끔 놔두는 건가.

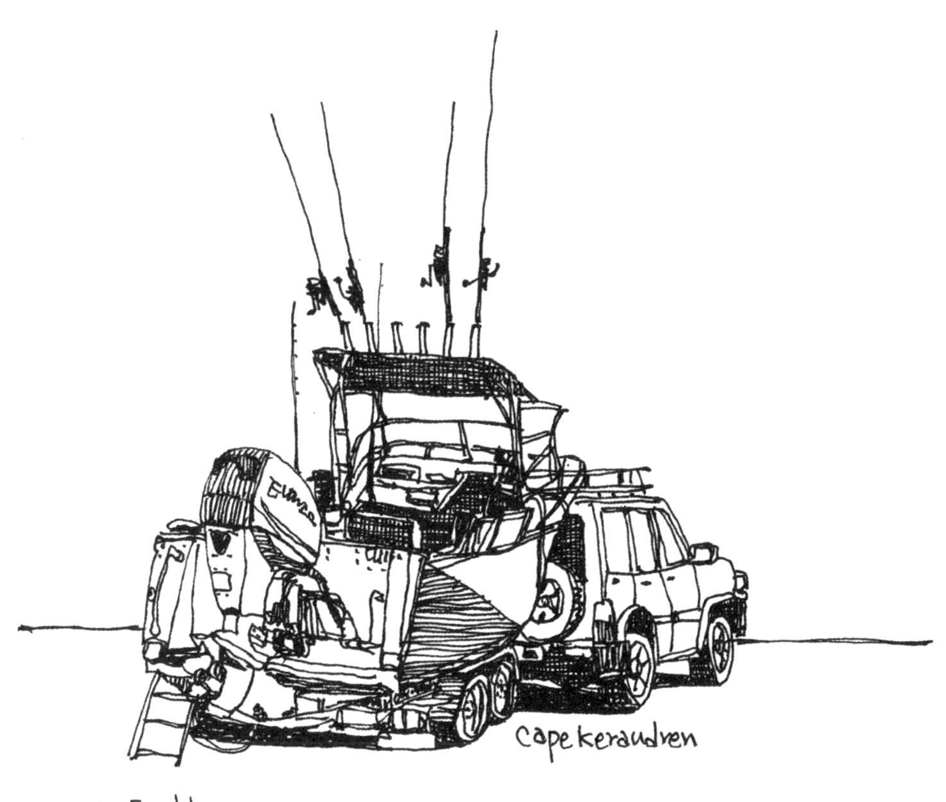

· 아이들이 축축한 맨땅 위를 맨발로 뛰어다닌다. 곁에 있는 부모는 그저 웃기만 한다. 자연을 느끼라는 건가. 때로는 벌레가 물고 생채기도 나겠지만 다 자연이고 일상이란 진리를 자연스레 배우게끔 하두는 건가. 조금이라도 더럽다 싶으면 호들갑을 떠는 분들! 여기선 이게 정상이랍니다. 모두 다 건강하주요!

서호주, 미지의 습격, 우주기지

28

9월 16일 토요일
바닷가라 그런지 대단히 습하다. 그럼에도 무척 맑다.

아침에 일어나니 모기장 안쪽으로 황금빛 먼지들이 반짝거렸다. 알고 보니 미지Midge였다. 우리말로 하면, 그 무섭다는 '깔따구'. 워낙 작아서 벌레인 줄 몰랐고 물리는 줄도 몰랐다.

미지의 습격. 그때는 몰랐다. 이렇게 무서운 녀석들인지. port hedland로.
오늘 이동거리: 178 km
총 이동거리: 8,283 km

아침에 일어나니 모기장 안쪽으로 황금빛으로 먼지들이 반짝거렸다. 알고보니 ~~midgy~~ midgy였다. 우리말로 하면 그 무섭다는 '깔따구'. 워낙 작아서 벌레인 줄 몰랐고 물리는 줄도 몰랐다. 온몸에 붉은 반점을 남겼는데 보기에는 좀 그랬지만 아무렇지도 않았다. 다음날 어떻게 될 줄도 모른 채 port hedland에 도착했다.

아침이 되니까 다행히 밤보다 훨씬 덜 습하다.
하지만 태양이 머리 위로 올라올수록 불지옥이 시작되니까
서둘러 출발했다.

…

태훈 작가 표현에 따르면
'우리는 거대한 ㅈ'을 보고 달린다고.

9월 16일 (토) 바닷가라 그런지 대단히 습하다. 그럼에도 무척 맑다

· 아침이 되니까 다행히 밤보다 훨씬 덜 습하다. 하지만 태양이 머리 위로 올라올수록 불지옥이 시작되니까 서둘러 출발했다. 오늘 아침은 '윤종신 대표곡'과 함께 달린다. 태훈 작가 표현에 따르면 '우리는 거대한 人'을 보고 달린다고.

미지들이 습격하다.
축축한 데서 자라는 아주 작은 벌레다.
너무 뜨거우면 타 죽는다.
어쩐지 어젯밤에 무척 습하더라. 거긴 미지 천국.
'거대한 ㅈ'을 피하니까 미지가 쳐들어오는구나.

· '미지_midge'들이 습격하다. 축축한데서 자라는 아주 작은 벌레다. 너무 뜨거우면 다 죽는다. 어쩐지 어젯밤에 무척 습하더라. 거긴 미지천국. '거대한 지'를 피하니까 미지가 쳐들어오는구나.

The silver star cafe in hedland

· 철광, 소금을 캐내어 바로 수출한다. 세계 최대의 bulk mineral export 라고 적혀있다. 멀리서 해무가 끓어오르고 거대한 소금밭에서 소금을 모아둔다. 오랜만에 공업지대를 봐서 그런지 아주 흥미롭다.

하나도 재미없을 것 같던 도시가 이렇게 매력적이라니.
국립공원이나 사막, 캐러밴 파크까지 다녔지만
오늘이 손에 꼽을 만하다.
비슷한 곳이 없었기 때문이다.
여행은 객관적일 수 없다.
가장 좋은 관광지가 좋지만 지루할 때도 있다.
아마 '보편타당'하기 때문이 아닐까 싶다.
그런 의미에서 이곳 포트헤들랜드는 결코 보편타당하지 않다.
시간만 있다면 신나게 돌아다니며 꼼꼼하게 그려보고 싶다!

· 기차길이가 자그마치 3.75 킬로미터다! 레드뱅크다리전망대_redbank bridge lookout에 가면 질리도록 볼 수 있다. 오로지 철광석만 싣고 달린다. 호주에서 이 기차가 다니는 철길 건널목에 조금이라도 늦으면 학교에 지각하고 만다는. 웃거나 말거나. 하지만 실제로 보니 충분히 그럴 수 있겠다 싶다.

· 하나도 재미없을 것 같던 도시가 이렇게 매력적이라니. 국립공원이나 사막, 캐러밴 파크까지 다녔지만 오늘이 손에 꼽을만하다. 비슷한 곳이 없었기 때문이다. 여행은 객관적일 수 없다. 가장 좋은 관광지가 좋지만 지루할 때도 있다. 아마 '보편타당'하기 때문이 아닐까 싶다. 그런 의미에서 이곳 포트헤들랜드는 결코 보편타당하지 않다. 시간만 있다면 신나게 돌아다니며 꼼꼼하게 그려보고 싶다!

· 철, 망간, 소금이 나오는 땅. 그래서 녹슨 흙가루가 온 도시를 뒤덮고 있다. 돈은 많을지 시내는 의외로 꾀죄죄하다. 물길을 따라 엄청나게 큰 배들이 수시로 드나든다. 보고도 믿기 힘든 크기라 섬 하나가 통째로 떠다니는 듯하다. <미래소년코난>에서 나오는 인더스트리아 실사판이라고 할까? 기대 이상이다.

---

marrapikurinya park in port hedland. 보편타당하지 않은 도시로 여행 온 프랑스 젊은이들.

보편타당하지 않은 도시로 여행 온 프랑스 젊은이들.

서호주, 미지의 습격, 우주기지

29

9월 17일 일요일
뜨겁고 습하지만 끈질기게 맑다.

포트헤들랜드Port Hedland는 〈미래소년 코난〉에 등장한 인더스트리아를 닮았다. 거대한 배가 쉼 없이 다니며, 거대한 채굴기가 붉은 철괴를 파서 항구로 옮긴다. 4킬로미터가 채 못 되는 거대한 열차가 광물을 싣고 천천히 달리는데, 마치 길이 통째로 움직이는 것처럼 보인다. 거대한 소금밭은 또 어떤가. 거칠지만 낯선 매력에 조금씩 빠져든다.

인더스트리아 실사판. port hedland에서 하루를 보내다.
오늘 이동거리 : 366km
총 이동거리 : 8,649km

<미래소년 코난>에 등장한 인더스트리아를 닮았다. 거대한 배가 쉼없이 다니며 거대한 채굴기가 붉은 철리를 파서 항구로 옮긴다. 4킬로미터가 채 못되는 거대한 열차가 광물을 싣고 천천히 달리는데 마치 길이 통째로 움직이는 것처럼 보인다. 또 거대한 소금밭은 또 어떤가. 거칠지만 낯선 매력에 조금씩 빠져든다. 오후에는 karijini national park로 이동한다.

9월 17일(일) 뜨겁고 습하지만 끈질기게 맑다

· 미지가 이렇게 무서운 녀석들일 줄이야! 어제부터 조금씩 상태가 나빠지더니 오늘 아침엔 피부병에 걸린 듯이 온몸에 빨간 두드러기가 피어났다. 어제 약국에서 연고를 사서 발랐는데 어라. 자세히 보니 치질연고다. 약국열리마라 실컷 따져봐야 소용없었다. 일요일인데 다행히 병원이 열었다. 미지 때문이니 '큰걱정 말고' 약 먹고 연고 바르란다. 단지 그것밖에 해준게 없는데 병원비는 20만원 가까이 되었다! 게다가 이렇게 가려워서 고생하는데 동료들이 너무 신경써 주지 않아 화가 났다. 자동으로 욕설이 튀어나왔다. 이게 다 눈에 보이지도 않는 벌레새끼 미지 때문이다. 약 바르고 병원에서 진찰받느라 출발도 늦어졌다. 나는 멀쩡할 줄 알았는데 햇빛에 닿으니 물린데가 도드라지면서 가려웠다.

영만 짱
여태까지 버텨올 수 있었던 성격 중 으뜸이 변덕스러움이다.

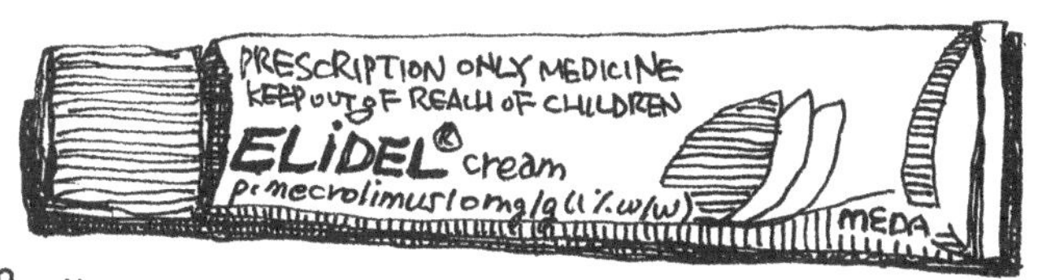

"물린 부위에 꼭꼭 찍어바르세요. 막 바르지 마시구요. 이틀정도면 괜찮아질거예요. 더한 사람도 많아요. 비니키 입고 바닷가에 놀다왔는데 가린곳 빼고 전부 물렸어요. 그래도 괜찮았어요."
(누구에게 괜찮았다는지 모르겠지만 아무튼)

하악...

• 물고기를 잡았다. 잡긴 잡았다. 그것도 맨손으로. 낚시하는 분 옆에서 어르렁거렸더니 한 마리 툭 던져준다. 이름하여 'queenfish' 영만형님이 가게에서 낚시대를 사서 호기롭게 던졌다. 거기까지였다. 한 마리를 곱게 손질해서 양파와 무, 그리고 양념을 듬뿍 넣어 조렸다. 맛은 병어조림과 거의 비슷했다. 더 잡으면 좋겠는데... 음.

캐스팅 좋고
미끼 움직임 좋은데
조황이 영...
역시 릴 탓인가...

농담과 진짜 농담 사이를 오가며.
카리지니 국립공원 첫날밤은 깊어간다.
사막에서 보내는 밤은 정말 최고다.

· 벙어조림, 아니 퀸즈피쉬조림을 먹고 와인을 마셨다. 형님은 술을 아주 많이 사랑한다. 사랑하기에 아낄 줄 안다. 너무 과하다 싶으면 스스로 '그만'이라며 잔을 멀리 치운다. 아닌 것 같아 권해봐도 '됐어'라는 대답 뿐. 하지만 '에이. 오늘은 빠빠빠빠 룰라다'라는 이야기를 하는 날엔 어김없이 마음껏 마신다. 그렇다고 아끼는 마음은 달라지지 않는다.

'캠퍼밴은 십년동안 내 꿈의 자동차였지.'

'통영 한번 꼭 가봐야 되겠어. 밥장이 어떻게 사는지 궁금해.'

'작가노트는 언제나 가지고 다녀. 이거 찢는 놈은 그냥. 확'

'아직 20년은 더 해야되니까. 쉴 수가 없어. 스스로 증명해야 되거든.'

'밥장한테 도움되는 이야기를 참 많이 듣고 있어. 나도 해줘야하는데'

'여행끝나면 허영만. 이거 맨날 야한 소리만 하는 놈이다 라는거 아냐.'

농담과 진짜 농담 사이를 오가며 karijini national park 첫날 밤은 깊어간다. 사막에서 보내는 밤은 정말 희다.

서호주, 미지의 습격, 우주기지

30

9월 18일 월요일
다시 건조하면서 또다시 맑다.

카리지니 국립공원Karijini National Park은 서호주에서 가장 아름다운 풍광을 보여준다. 계곡, 폭포, 절벽에 야생화까지 가득하다. 캠퍼밴 파크에도 보랏빛 들꽃이 잔디처럼 피어 있다. 그리고 앵무새들이 참새들처럼 모여 꽥꽥거린다. 하지만 미지에 물린 몸이 너무 가렵다. 일단 가려우니 좋은 경치도 더 이상 눈에 들어오지 않는다.

~~karijini~~ national park 는 몹시 아름답지만 가려우니 미칠 지경이다.

karijini 土

오늘 이동거리: 90km

총 이동거리: 8,739km

karijini national park 는 서호주에서 가장 아름다운 풍광을 보여준다. 계곡, 폭포, 절벽에 야생화까지 가득하다. 캠퍼벨 파크에도 보랏빛 들꽃이 잔디처럼 피어있다. 그리고 앵무새들이 참새들처럼 모여 ~~지저귄다~~ 꽥꽥거린다. dales gorge 와 joffre (당좌의 게임!) falls 에서 수영할 때는 너무 쾌적했다. 하지만 물 밖으로 나와 볕을 쬐니 이내 가렵다. 일단 가려우니 좋은 경치도 더 이상 눈에 들어오지 않는다.

오늘은 공원에서 쉰다.
다녀보니 바닷가보다 사막이 훨씬 쾌적하다.
낮에는 둘 다 뜨겁지만,
해가 떨어지면 사막은 천국이 된다.
선선하고 별이 쏟아지며 벌레도 별로 없다.
건조해서 잠도 잘 온다.
밤만 되어라.
그러면 행복해질 거야.
…
톰 프라이스 광산 투어를 예약하다.
내일 오전에 둘러보기로.
상상을 초월하는 크기. 기대된다.

9월 19일 (월) 다시 건조해지면서 또다시 앓다.

- 오늘은 공원에서 쉰다. 다녀보니 바닷가보다 사막이 훨씬 쾌적하다. 낮에는 둘 다 뜨겁지만 해가 떨어지면 사막은 천국이 된다. 선선하고 별이 쏟아지며 벌레도 별로 없다. 건조해서 잠도 잘 온다. 밤만 되어라. 그러면 행복해질 거야.

- 이불을 널고 차 안에 살균제를 뿌렸다. 꼭 균을 없앤다기보다 마음을 달래기 위해서랄까.

- tom price mine site tour를 예약하다. 내일 오전에 둘러보기로. 상상을 초월하는 크기. 기대된다.

- 형님들, 오늘은 국에다 흰밥, 거기에 나물이랑 고추장 팍팍 넣어서 간단하게 먹자고 한다.
첫째. 국은 결코 간단하지 않다. 끓이는 것도 일이지만 먹고 설거지가 많다. 잔반도 많아서 음식쓰레기 처리가 문제다. 국립공원에는 쓰레기 버리는 곳이 없다. 둘째 나물. 시금치는 어디서 구하고 곰고수 다 만들어야 한다. 제 먹던 방식과 다르면 쉽게 퇴면당한다. 그대로 음식쓰레기다. 셋째 고추장 비비면 설거지 많다. 그리고 맛도 없다. 결국 어제 양념한 닭고기와 소시지를 굽고 남은 기름에 버섯과 양파, 고추, 파, 마늘을 넣고 참기름과 굴소스를 곁들여 소고기와 밥을 볶았다. (당연히 김치까지!)
다시 한번 말하지만 세상에 남이 해주는 음식에 간단한 건 하나도 없다!!

dales gorge in karijini national park

joffre falls
in kanijini nationalpark
• 볕에 달구어진 돌을 밟고
차가운 못에 가려운 몸을 담그다.

• 30일 가까이 되니까 조금씩 지친다. 태훈작가는 미지 때문에 졸지에 리질환자가 되었다. 용권이형은 저녁만 먹고나면 숟가락 놓자마자 꾸벅꾸벅 존다. 고등어처럼 한시라도 가만 있지 못하던 총무는 온몸에 파스를 바른채 가려움을 꾹 참으며 화장실을 들락거린다. 봉주르는 '마음은 이미 서울에 있다'고 웅얼거리며 가만히 앉아있다. 영만형님은 '아 이제 좀 지친다'며 한마디 툭 던진다. 나는 아직 괜찮다! 면 거짓말이고 미지한테 물린데가 가라앉지 않고 자꾸 올라온다. 태훈작가가 병원에서 타온 약을 (버티다 못해) 먹었다. 영화 몰아서 보고 싶다.

먼지를 뒤집어써서 그렇지
근본은 괜찮은 친구들이야...

서호주, 미지의 습격, 우주기지

31

9월 19일 화요일
나도 일기예보를 할 수 있다! 오늘은 무조건 맑음.

톰 프라이스Tom Price는 전설적인 광산업자 이름을 따서 지은 도시이자 광산이다. 연간 2천8만 톤이나 되는 철광석을 캐내는 광산을, 높이 7미터에 달하는 거대한 트럭이 부지런히 오고 간다. 360톤이 넘는 포크레인은 또 어떠한가. 크기에 대한 상식을 단번에 깨뜨린다.

거대한 철광산 tom price mine에 가보다.
오늘 이동거리 : 474km
총 이동거리 : 9,213km

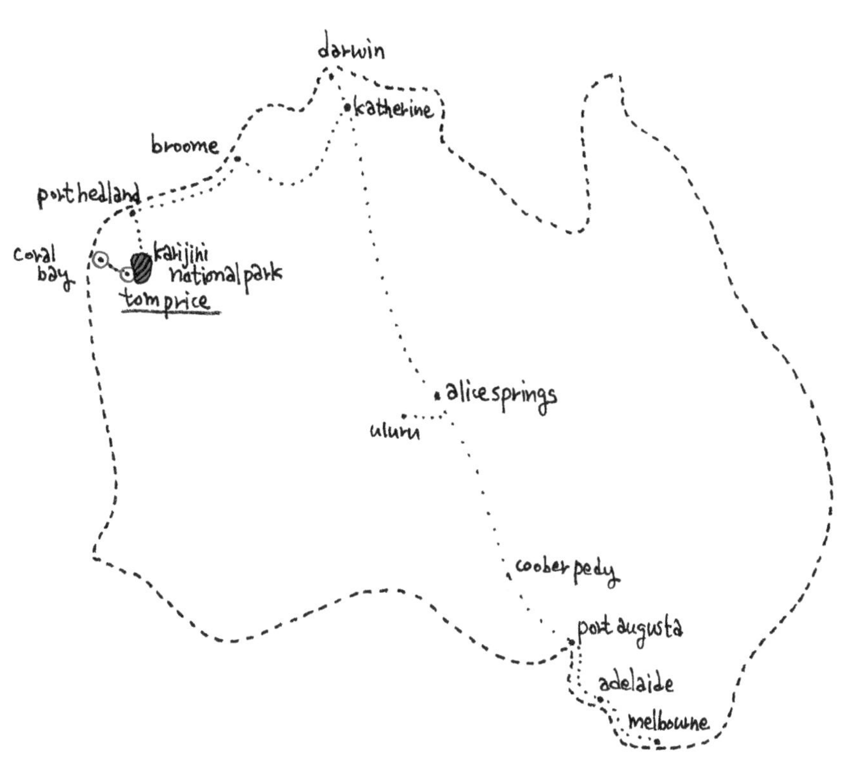

tom price라는 전설적인 광산업자 이름을 따서 지은 도시이자 광산이다. 연간 2천8만톤이나 되는 철광석을 캐내는 tom price mine을 둘러보다. 산을 통째로 음각으로 파낸듯한 광산에 높이 7미터에 달하는 거대한 트럭이 부지런히 오고간다. 360톤이 넘는 포크레인은 또 어떠한가. 크기에 대한 상식을 단번에 깨뜨린다.

새벽 3시에 깨다. 가려워서.
물파스로도 안 된다.
안티 박테리아 스프레이를 뿌려보다.
신기하게도 괜찮다.
이게 잘하는 짓인지 모르겠다.

9월 19일(화) 나도 일기예보를 할 수 있다! 오늘은 무조건 맑음

• 새벽 3시에 깨다. 가려워서. 물파스로도 안된다. anti-bacteria spray를 뿌려보다. 신기하게도 괜찮다. 이게 잘 하는 짓인지 모르겠다. 긴팔과 긴바지로 갈아입다. 자면서 덜 긁게끔. 영만 형님 깨어있다. 나처럼 가려워서? 물어보니 재미나는 스토리가 생각나서. 밥장은 가려워서. 형님은 생각나서. 새벽 3시 진짜 동.상.이.몽.

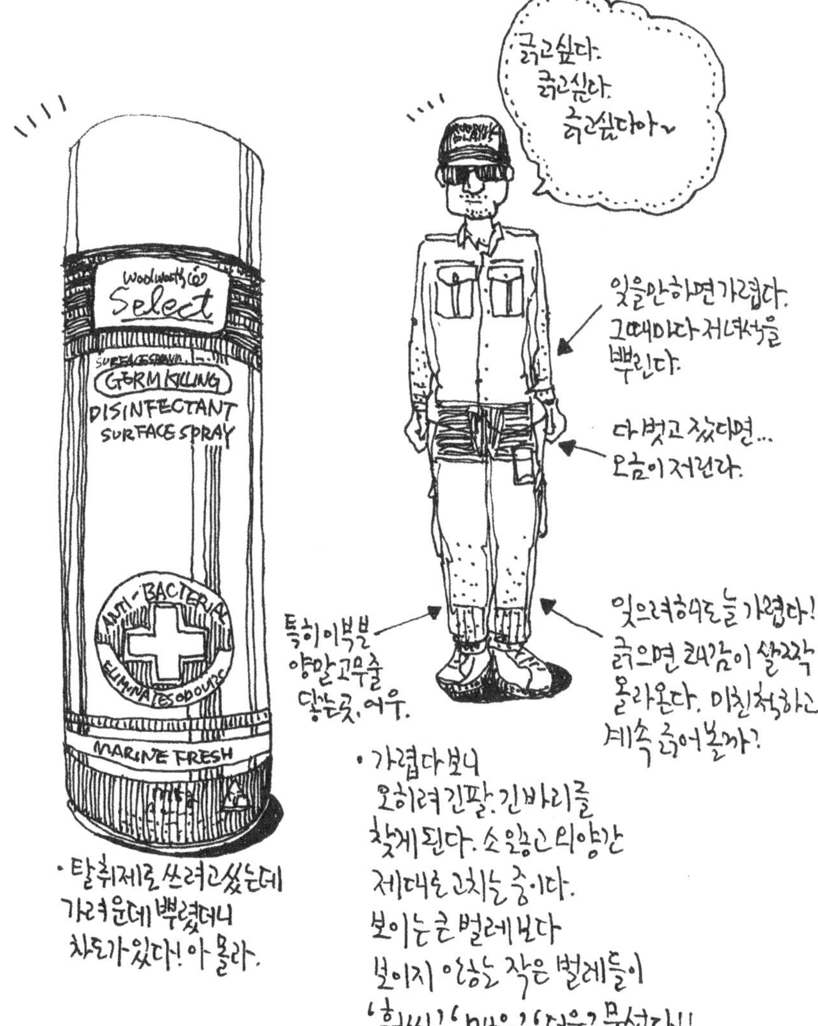

• 탈취제로 쓰려고 샀는데 가려운데 뿌렸더니 차도가 있다! 아 몰라.

• 가렵다보니 오히려 긴팔, 긴바지를 찾게 된다. 소잃고 외양간 제대로 고치는 중이다. 보이는 큰 벌레보다 보이지 않는 작은 벌레들이 '훨씬' '매우' '더욱' 무섭다!!

· 중장비 덕후라면 빼놓을 수 없는 장소다. 철광산에 다녀오면 road train은 애교다. 한번에 7천리터를 넣는 포크레인이 붕붕거리고 바퀴하나가 차 톤이나 되는 트럭이 붉은먼지를 일으키며 달린다. 무엇보다 놀라운건 이게다
4.25 일제라는 사실! 매카닉 덕후. 한건 크게 하는구나.

komatsu 830e rigid haul truck

200톤이 넘는 자재를 싣고 달리는 높이 7미터 가까이 되는 트럭.
그런데 이게 전기로 움직인다는 사실! 디젤 엔진이 전기를 일으켜 뒷바퀴 모터를 돌린다. 와우. 어쩐지 거대한 사이즈에 걸맞지 않게 몹시 귀엽더라니.
기회가 되면 꼭 한번 타보고 싶다!!

가장 좋아하는 기계다.
왠지 모질지만 성실해 보인다.
〈미래소년 코난〉에서 본 듯하다.
아니어도 그리 어색하지 않을 듯.
거대한 자연도 경이롭지만
거대한 기계도 마찬가지다.

tom price mine area

· 가장 좋아하는 기계다. 왠지 모질지만 성실해 보인다. <미래소년 코난>에서 본 듯하다. 아니어도 그리 어색하지 않을 듯. 거대한 자연도 경이롭지만 거대한 기계도 마찬가지다. 상상 언저리 또는 그 이상되는 물체를 사람이 만들었다고 생각하면 소름끼친다. discovery channel에서 자주 보았지만 실제 현장에서 보는 맛과 완전히 달랐다. 슈퍼맨을 극장에서 보는 것과 진짜 하늘을 날며 레이저 쏘는 모습을 두 눈으로 보는 것은 같을 수 없지 않은가. 기회가 된다면 작동하는 모습을 가까이서 보고 싶다.

서호주, 미지의 습격, 우주기지

32

9월 20일 수요일
이젠 바꿔볼 만도 한데 여전히 맑다.

코랄 베이Coral Bay는 255명이 사는 작은 동네다. 하지만 이곳을 찾는 사람들은 족히 4~5배는 될 듯하다. 스노클링, 다이빙, 고래 탐사, 낚시 등 뭐든지 할 수 있다. 충분히, 멀리, 오래도록 즐겨도 아무도 뭐라고 하지 않는다.

자연 그대로. 사람 대신 물고기들이 출근한다는 coral bay로!
오늘 이동거리 : 253 km
총 이동거리 : 9.466 km

255명(론리플래닛 18th edition, published nov 2015)이 사는 작은 동네. 하지만 이곳을 찾는 사람들은 족히 4~5배는 될 듯하다. 스노클링, 다이빙, 고래탐사, 낚시 등 뭐든지 할 수 있다. 엄격하게 개발이 제한된 덕분에 멀리 나가지 않아도 살아있는 산호를 마음껏 즐길 수 있다. 스노클링 강력 추천한다. 충분히 멀리 오래도록 즐겨도 아무도 뭐라고 하지 않는다. 2천년이 더 된 산호도 있으니 한번 영접해 보심이.

아침 먹고 코랄 베이로 향하다.
서호주에서 가장 아름답기로,
특히 산호가 가까운 바다에 풍성하기로 유명하다.
도착하자마자 장비를 빌려 배를 탔다.
얼마 가지도 않았는데 2천 년이 된 산호가
피자처럼 널찍하게 자리 잡고 있었다.

…

수영은 잘하지 못해도 물을 피하지는 않는다.
스노클링은 무척 좋아한다.
산호 사이를 떠다니다가 잠시 눈을 감아본다.
온 세상이, 물 가득한 세상이 뒤섞여
세찬 꿈속으로 빠져든다.

9월20일(수) 이젠 바뀌볼만도 한데 여전히 맑다

- 아침먹고 coral bay로 향했다. 서호주에서 가장 아름답기로, 특히 산호가 가까운 바다에 풍성하기로 유명하다. 도착하자마자 장비를 빌려 배를 탔다. 얼마 가지도 않았는데 2천년이 된 산호가 피자처럼 넓직하게 자리잡고 있었다. 물고기들은 마치 고용된 직원들마냥 우리 배 뒤를 부지런히 쫓아다녔다. 바람은 예상대로 차가웠지만 바다는 생각만큼 따뜻했다. 배 주인도 바다를 크게 쓰며 돌아보라고, 좀 더 용감해지라고 기를 북돋워 주었다. 덕분에 거대한 산호들이 있는 바다까지 들어가 보았다.

영만짤

"내가 여수사람이야!" 결국

(스노클링 괜찮겠냐고 물었다. 하지만 바다가 차다고 안 들어갔다는)

- 수영은 잘 하지 못해도 물을 피하지는 않는다. 스노클링은 무척 좋아한다. 산호 사이를 떠다니다가 잠시 눈을 감아본다. 온 세상이, 물 가득한 세상이 뒤섞여 세찬 꿈속으로 빠져든다. 〈그랑블루〉 주인공처럼 천정에서부터 물이 차오르고 돌고래가 웃으며 날아오는 꿈을 꾼다. coral bay에서 한낮 물 속에서 잠시 꿈을 꾸었다.

여행 한달만에 그토록 그리워하던 신선한 생선(=횟감)을 우연히 마주치다.
오홋. 이거 살수 있을까? 안되면 조금 달라고 해볼까? 생선이 너무 좋네! (나 여수사람이야)
우리도 가족먹어야되요 반나절동안 힘들여서 직접 잡았다구요. 노우!
aussie
형님이 생선을 보더니 (이런표현 정말 그렇지만) 눈이 확 뒤집어졌다. 더우기 맛좋은 대가리와 대충 포떠버린 몸통을 주저없이 쓰레기통에 넣는걸보고 피가 거꾸로 치솟았다. 멸치, 새우젓에 이어 생선이었다.
미쳤구만. 생선손질을 이따위로! 맛있는 대가리를 그냥버린다고? 그럼 나줘. 지리해먹게
다시
니들은 빠져라. 내가 갔다오마. 영어를 안쓴다고 못하는건아니다. 나약한 녀석들 봉지나 줘라.
나간지 20분만에 커다란생선살 두덩어리를 챙겨오다. 그리고 남긴 한마디. "냉장실에!" 나약하지 않은 여수형님 덕분에 호주에서 드디어! 회를 먹었다네!!
내가 꼭 노구를 이끌고 가야만 하나? 먹여살리기 힘들구만 에헴...
챙겨온 칼로 회까지 직접 떠주시다.

서호주, 미지의 습격, 우주기지

33

9월 21일 목요일
와우! 드디어 흐리다!! 야호!

레이다 기지인 OTC dish는 1966년에 미국항공우주국NASA과 함께 만들었다. 남반구에서 제미니Gemini와 아폴로Apollo 호를 추적하기 위해서였다. 지금은 더 이상 쓰지 않는 우주 시대가 남긴 '최첨단' 유적이다. 카나번Carnarvon은 과일도 새우도 유명하다. 한 손에 바나나, 다른 한 손에 새우를 들고 OTC에 다녀오면 카나번에서 완벽한 하루를 보낸 셈이다.

옛 우주시대를 기억하는 carnarvon 에서 새우를 까먹다.

오늘 이동거리: 449km

총 이동거리: 9.915km

OTC dish는 1966년에 nasa와 함께 만들었다. 남반구에서 gemini와 apollo호를 추적하기 위해서였다. 지금은 더 이상 쓰지 않는 우주시대가 남긴 '최첨단' 유적이다. 이곳은 과일로도 매우 유명하다. 또한 새우_prawn가 많이 잡히는 곳이기도 하다. 한 손에 바나나, 다른 한 손에 새우를 들고 OTC에 다녀오면 carnarvon에서 완벽한 하루를 보낸 셈이다.

서호주는 원시 지구 모습을 갖춘 땅.
《35억 년 전 세상 그대로》 덕분에
오기 전에 이미 서호주에 대한 첫인상이 만들어졌다.
그중에서 본론에는 좀 비껴갔지만 흥미로웠던 곳이
카나번 우주센터였다.
카나번 우주 기술 박물관이 들어섰는데
소박하지만 그 시절 분명 쓰였을 장비와 신문기사,
그리고 빛바랜 사진이 가득했다.
…
아폴로 11호 이륙 시뮬레이션이 있는데
실제 크기 캡슐 속에 들어가
카운트다운 영상을 누워서 보는 게 전부였다.
그런데 꽤 흥미로웠다.
이곳에 실제로 쓰던 장비들이 있고
아폴로 호가 무사히 달에 갔다올 수 있도록
힘을 쓴 현장이라는 이유 때문이 아닐는지.
우주 시대가 유적이 되는 시대에 살고 있다.

9월21일 (목) 와우! 드디어 흐리다!! 야호!

· 서호주는 원시지구 모습을 갖춘 땅. <35억년 전의 지구> 덕분에 오기 전에 이미 서호주에 대한 첫인상이 만들어졌다. 그 중에서 본론에는 좀 비껴갔지만 흥미로웠던 곳이 카나본 carnarvon 우주센터였다. Apollo11호를 추적했던 안테나가 있었다. 지금은 옛 우주시대를 상징하는 유적이 되었다. carnarvon space and technology museum이 들어섰는데 소박하지만 그시절 분명 쓰였을 장비들과 신문기사들 그리고 빛바랜 사진들이 가득했다. 한켠에서는 우주인 LCD등, 나사에서 인증받은 우주식량, 살짝 조잡한 기념스티커를 팔고 있었다. (그런데 안 살 수가 없다. 우리 멤버들 모두 한두가지는 꼭 샀다) Apollo11호 이륙 시뮬레이션이 있는데 실제 크기 캡슐 속에 들어가 카운트다운 영상을 누워서 보는 게 전부였다. 그런데 꽤 흥미로웠다. 이곳에 실제로 쓰던 장비들이 있고 아폴로호가 무사히 달에 갔다올 수 있도록 힘을 쓴 현장이라는 이유 때문이 아닐런지. 우주시대가 유적이 되는 시대에 살고 있다. 마치 80년대에 제작된 2017년을 무대로 한 작품을 지금 다시 보는 기분이었다.

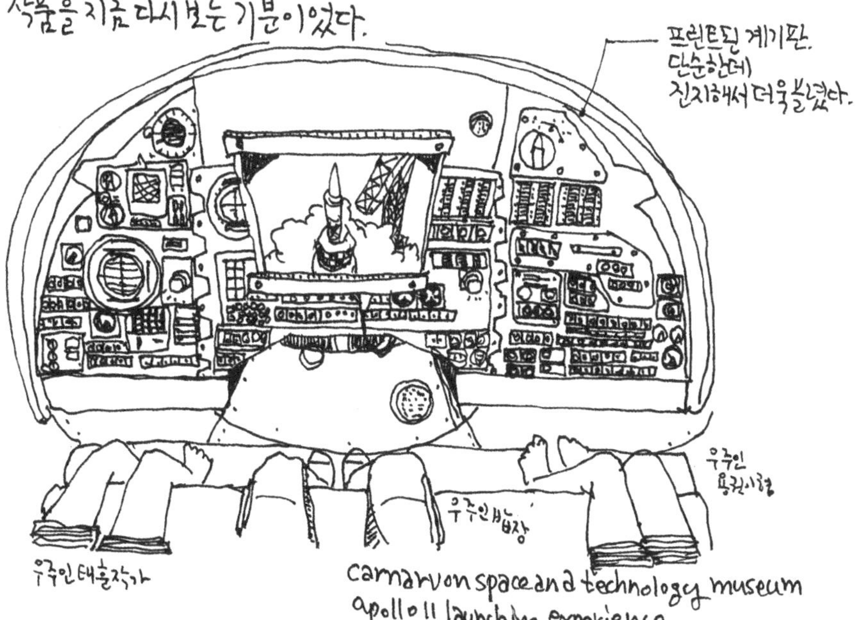

오래된 계기판을 보면 늘 흥분된다.
왠지 순진해 보인다.
꾸밈도 없고 그냥 보이는 대로
돌리고 누르고 올리고 꽂으면 되니까.
지금처럼 모든 버튼이
그저 스크린 위에서만 돌아다니지 않으니까.
오랫동안 지켜보았다.
만져도 보았다.
행복했다!

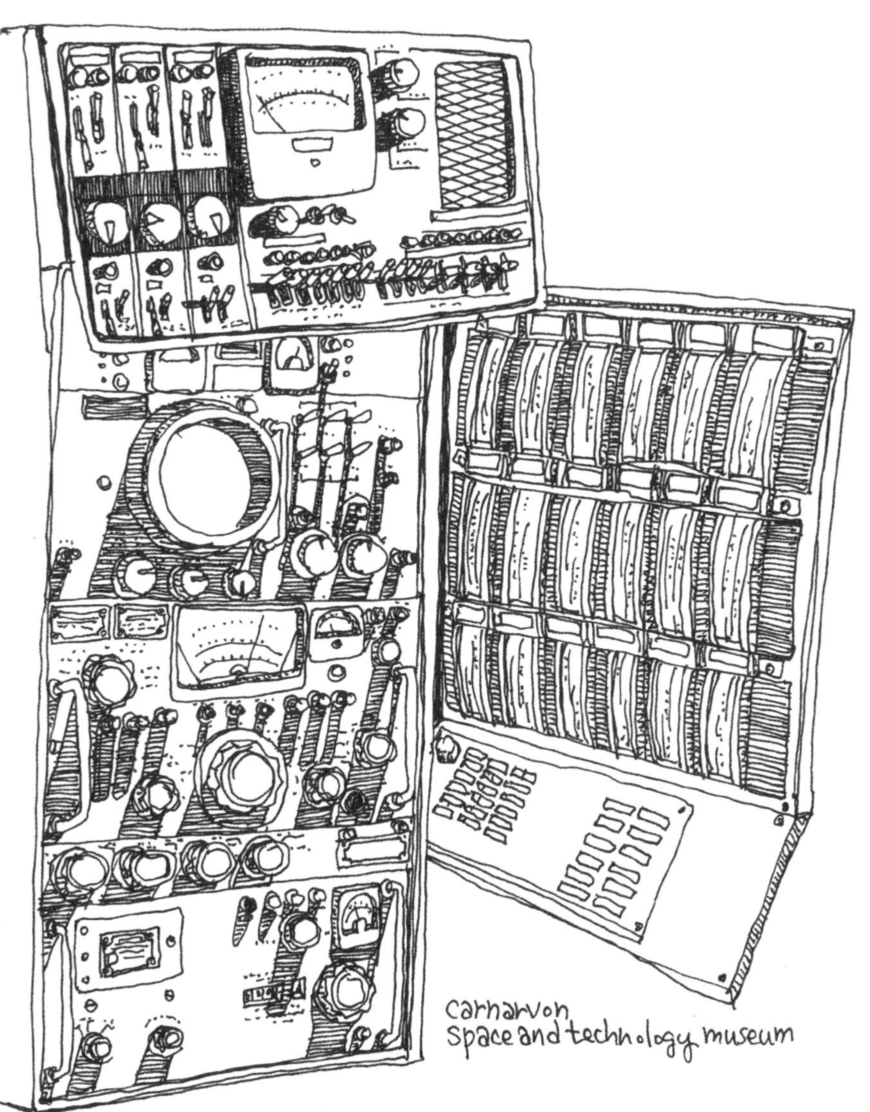

· 오래된 계기판을 보면 늘 흥분된다. 왠지 순진해 보인다. 꾸밈도 없고 그냥 보이는대로 돌리고 누르고 올리고 꽂으면 되니까. 지금처럼 모든 버튼이 그저 스크린 위에서만 돌아다니지 않으니까. 오랫동안 지켜보았다. 만져도 보았다. 행복했다!

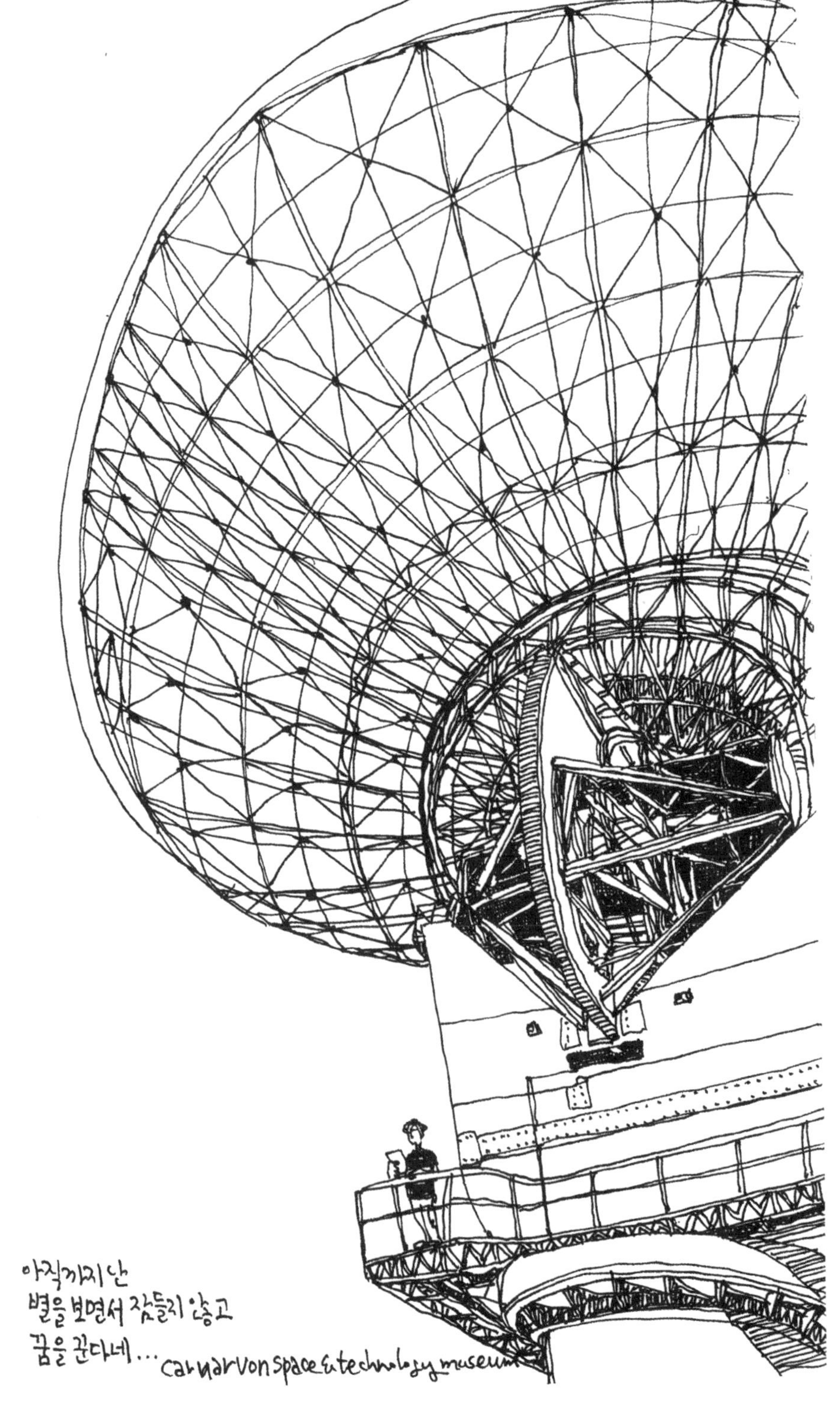
아직까지 난
별을 보면서 잠들지 않고
꿈을 꾼다네…
carnarvon space & technology museum

· 우주센터에 들른 뒤 플랜테이션을 찾아가다. 카나본은 인구 9천명에 불과하지만 perth 지역 겨울 채소의 60%를 공급한다고. 바나나, 토마토가 많았다. 그래서 visitor centre에서 소개해준 농장에 찾아가다. morel's 인데 그냥 조그마한 채소가게였다. (물론 보이지 않는 땅은 어마어마하겠지만) 화이트 초콜릿을 발라 통째로 얼린 바나나바를 사먹었다.

형님이 야한농담(언제나처럼)을 던졌지만 그냥 웃고 넘겼다. 글로 쓰면 몇개월, 아니 몇 년동안 지워지지 않으니까. (원수가 생기면 글로 갚아야지.)

대략 이렇게 생겼다.
2.5 호주달러(1개)

· carnavon은 새우가 잡힌다. 생선가게 (호주에서는 그리 많지 않다) 에서 미리 삶아둔 prawn 2kg를 샀다. 1kg에 18.99 호주달러. 무척 저렴했다. 그냥 먹고 찍어 먹고 소스 뿌려먹고 나중에는 소금에 깔아 구워 먹었다. 그래도 몇 마리가 남을 만큼 푸짐했다. 중간에는 정말 아껴두었던 명란도 꺼냈다. 흰밥에 비벼먹으니 노래가 절로 나왔다. 덕분에 와인도 많이 마셨다. 여행이 거의 끝나간다.

· 내일은 가장 기대하는 '35억년 지구 모습'을 엿보는 날이다. 책을 읽고 서호주에 가면 반드시 들러야겠다고 마음먹었다. 어떻게 생겼는지는 크게 중요하지 않다. (엄청난 시간, 지구가 만들어진 지구생태계가 만들어진 가장 기초적인 코드를 두 눈으로 보고 싶다.) 지구생태계를 만든 가장 기본적인 코드 – 산소와 호흡을 두 눈으로 보고싶다. 우린 우연과 진화. 선택을 통해 이루어졌으니 애버리진 말이 옳다.

"stromatolite는 our old people 입니다."

3장 _ 다윈, 그리고 브룸까지

9월 8일(금) ~ 9월 14일(목)

4장 _ 서호주, 미지의 습격, 우주기지

9월 15일(금) ~ 9월 21일(목)

5장 _ 스트로마톨라이트, 코 랄 베 이, 그 리 고 퍼 스

9월 22일(금) ~ 9월 27일(수)

스트로마톨라이트,
코랄 베이,
그리고 퍼스

34

9월 22일 금요일
와우! 비가 왔다. 살짝 구름까지.

"샤크 베이Shark Bay는 살아 숨 쉬는 모든 생명체에게 아주 특별하다. 지구에서 35억 년 전의 세상을 경험할 수 있는 유일한 곳이기 때문이다. 여기에는 지구 대기의 산소를 만든 미생물이 스트로마톨라이트라고 불리는 버섯 모양의 바위에서 살고 있다. 그 덕분에 다른 생명체를 포함해서 지금의 인간까지 진화할 수 있었다."
문경수 과학 탐험가가 쓴 《35억 년 전 세상 그대로》를 읽고 서호주 탐사를 꿈꿨다. 그런데 이렇게 빨리 오게 될 줄이야.

35억년전 지구를 만나다. shark bay로 가다!

오늘 이동거리 : 167km

총 이동거리 : 10,082km

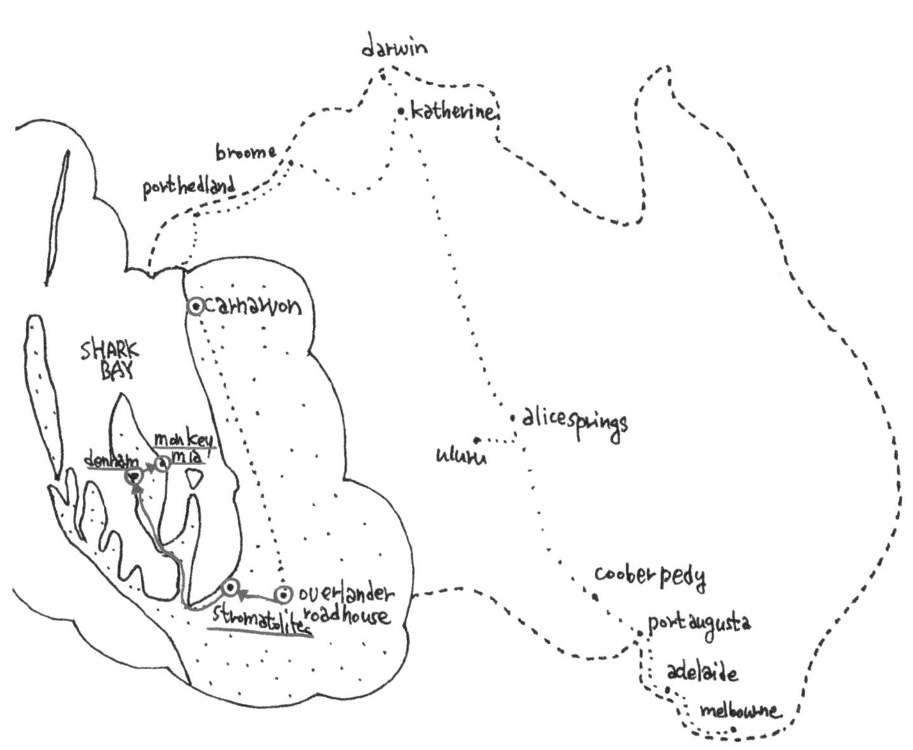

문경수 과학탐험가가 쓴 <35억년전 세상 그대로>를 읽고 서호주 탐사를 꿈꿨는데 이렇게 빨리 오게 될 줄은 몰랐다. '샤크만은 살아 숨쉬는 모든 생명체에게 아주 특별하다. 지구에서 35억 년 전의 세상을 경험할 수 있는 유일한 곳이기 때문이다. 여기에는 지구대기의 산소를 만든 미생물이 스트로마톨라이트라고 불리는 버섯 모양의 바위에서 살고있다. 그 덕분에 다른 생명체를 포함해서 지금의 인간까지 진화할 수 있었다.'

오늘 그곳에 간다.

스트로마톨라이트를 만나다!
30억 년 지구 모습을 보여준다.
아직까지 건강하게 살아남아 산소를 내뿜는다.
여기 살던 애버리진은 '우리 오래된 사람들'이라고 불렀다.
과학이 밝히기 전에 이미 그들은 알고 있었다.
살면 알게 되나 보다.
자연과 함께 살면 철학자나 과학자가 된다.

9월 22일 (금) 와우! 비가 왔다. 살짝 구름까지

- Stromatolite를 만나다! 30억년 지구 모습을 보여준다. 아직까지 건강하게 살아남아 산소를 내뿜는다. 여기 살던 에버리진들은 '우리 오래된 나라님들'이라고 불렀다. 과학이 밝히기 전에 이미 그들은 알고 있었다. 살면 알게 되나보다. 자연과 함께 살면 철학자나 과학자가 된다. (에버리진에 대해 알수록 호주사람들한테 적잖이 실망하게 된다. 호주역사에서 '애버리진 지우기' 더 나아가 '애버린 멸종시키기'는 공식적인 정책이었으며 2백년간 꼼꼼하고 충실하게 이행하였다. 2008년에 와서야 수상이 'Sorry', 유감을 표했다니... 음. 존경받는 세계시민이 되려면 시간이 좀 더 필요할 듯하다. 35억년 stromatolite, 5만년 에버리진 그리고 3백년 호주이주민...까지 여기서 떠올리다.

※ 캐릭터 스티커가 있는데 음...
차라리 도감을 잘 활용해서
지적으로 만들면 좋겠는데...
결국에는 사지 못했다...

The ground here is alive and growing

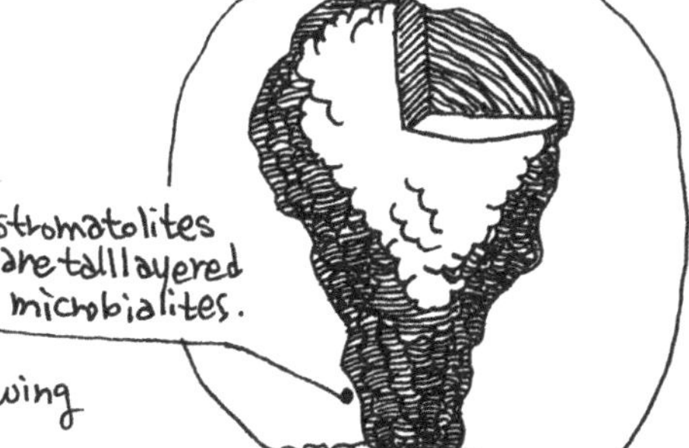

hamelin pool

· 캐릭터는 건치를 드러내며
해맑게 웃고 있지만
동네는 사람이 없어서
민망할 만큼 조용하다.
햇살과 바다가 있어서
그나마 다행이다.

denham

· shark bay는 서호주 끝이다. 서쪽에서 가장 먼저 바다를 만난다.
바람은 드세고 날씨는 쌀쌀하다. 심지어! 소나기도 내린다. hamelin pool,
denham을 거쳐 monkey mia. 몽키마이어로 달린다.
원숭이 한 마리도 없던 호주에 웬 monkey? 알고보니 여기서 진주를 잡던
배 이름이 moneke monkey였다는. mia는 원주민 말로 '피난처'.
이곳은 아침마다 밥 먹으러 돌고래 가족이 출근한다. 벌써 50년이
넘었다고. 하루 이틀 거를 때도 있지만 전반적으로 근태는 철저하다고 한다.

스트로마톨라이트,
코랄 베이,
그리고 퍼스

35

9월 23일 토요일
구름이 많고 춥다. 현재 기온 17도.

오늘은 야생 돌고래가 아침 7시 45분이면 밥 먹으러 출근한다는 멍키미아Monkey Mia에 들렀다(실제로는 '몽키 마이어'라고 해야 알아듣더라!). 그리고 셸 비치는 세계에 두 곳밖에 없다는데, 다른 한 곳은 어디일까?

monkey mia에서 돌고래 대신 xx을 만나다.
세계에서 단 두 곳밖에 없다는 ____ 에 들르다.
오늘 이동거리 : 279km
총 이동거리 : 10.361km

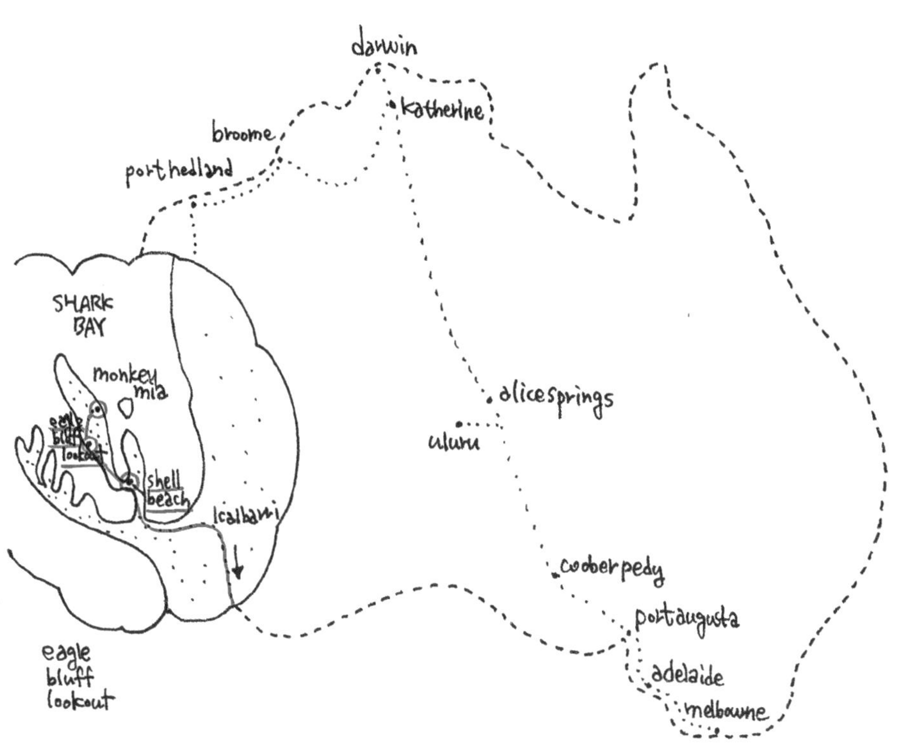

야생 돌고래가 과연 아침 7시 45분에 밥 먹으러 출근할까? (일단 그게 말이 되나!)
세계에 두 곳밖에 없다는데 다른 한 곳은 어디일까?
그리고 가장 중요한 질문.
오늘 저녁은 뭐 해 먹지?

9월23일(토) 구름이 많고 춥다. 현재기온17도

· '7시45분에 출근해야하는데...'
시간이 흐를수록 가이드말이 없어진다.
결국 오늘은 결근으로 마무리.
(대신 거북이 한 마리가 왔어요~).

monkey mia at 7:45AM.

• 17도인데도 무척 쌀쌀하게 느껴진다. 사막에 적응이 된건가. 7시 45분에 돌고래들이 바닷가로 출근한다고 해서 10분 먼저 마중나갔다. 이미 많은 사람들이 커피를 홀짝거리면서 기다리고 있었다. 시간이 되니까 가이드가 마이크로 사람을 모은다. '얘들은 이름이 다 있고 어떻게 생겼고 블라블라…' 1시간이 지나도 녀석들 먼 곳에서 지느러미만 잠깐 보여줄 뿐 도통 다가오지 않았다. 대신 거북이 한 마리가 물밖으로 고개를 내밀어주었다. 하긴 매일 아침 '7시 45분'에 온다고 믿는 내가 이상한 거지. 돌고래들아. 안 와도 된단다. 자유롭게 네멋대로 살려무나~!

오늘은
내가 주인공이지
음하하!!

영만짤
(2시간 운전하고 나서) '나 잘 했지? ㅋㅋ'

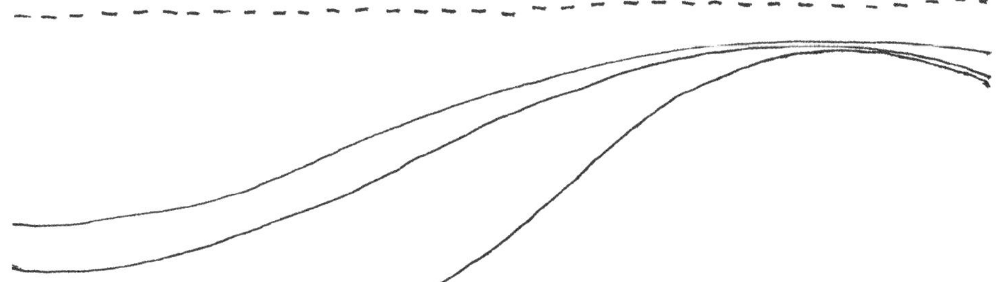

영어로, 스페인어로, 중국어로
그리고 우리말로 손가락으로 가리키며 떠들어댄다.
모두 "상어 어딨어", "저쪽 파도 넘어 두 마리 있어",
"아니, 저 돌 사이에"라고 말한다.

• 상어가 보인다는 장소로 달려가다. 하이웨이에서 들어가자마자 비포장도로다. 이렇게 놔두기 때문에 빛난다. 좀더 오래 있고 싶다. 엄마와 함께 온 아이들은 위험하다 싶을 만큼 아슬아슬하게 난간에 매달린다. 영어로, 스페인어로, 중국어로 그리고 우리말로 손가락을 가리키며 떠들어댄다. 모두 '상어 어딨어' '저쪽 파도 넘어 두 마리 있어!' '아니 저 돌 사이에' 라고 말한다.

가장 아름다운 바다.
그렇지만 비밀이 있으니, 물이 너무 짜서 물고기가 없다.
대신 조그마한 조개들만
천적이나 경쟁 개체 없이 태어나 자라고 죽는다.
파도를 닮은 바닷가는
이렇게 살다 죽은 조개들로 덮여 있다.
…
전체가 조개로 된 바닷가는 전 세계에 딱 두 군데밖에 없다.
나머지 한 군데가 어디인지 궁금하다.

- 가장 아름다운 바다. 그렇지만 비밀이 있으니 물이 너무 짜서 물고기가 없다. 대신 조그마한 조개들만 천적이나 경쟁개체 없이 태어나 자라고 죽는다. 파도를 닮은 바닷가는 이렇게 살다 죽은 조개들로 덮혀있다. 사람으로 치면 백골들이 만든 언덕인 셈이다. 청록색 비키니를 입은 여자가 천천히 걸어들어간다. 물은 거짓말같이 얕아 한참 걸어도 무릎을 덮지 못한다. 하얀 언덕과 그만큼 깨끗한 바닷물. 찰랑거리는 얕은 수면. 건강하게 탄 피부와 탄력있는 엉덩이까지 한눈에 들어온다. 조개무덤은 죽었고 또 살아있어서 눈부시다.

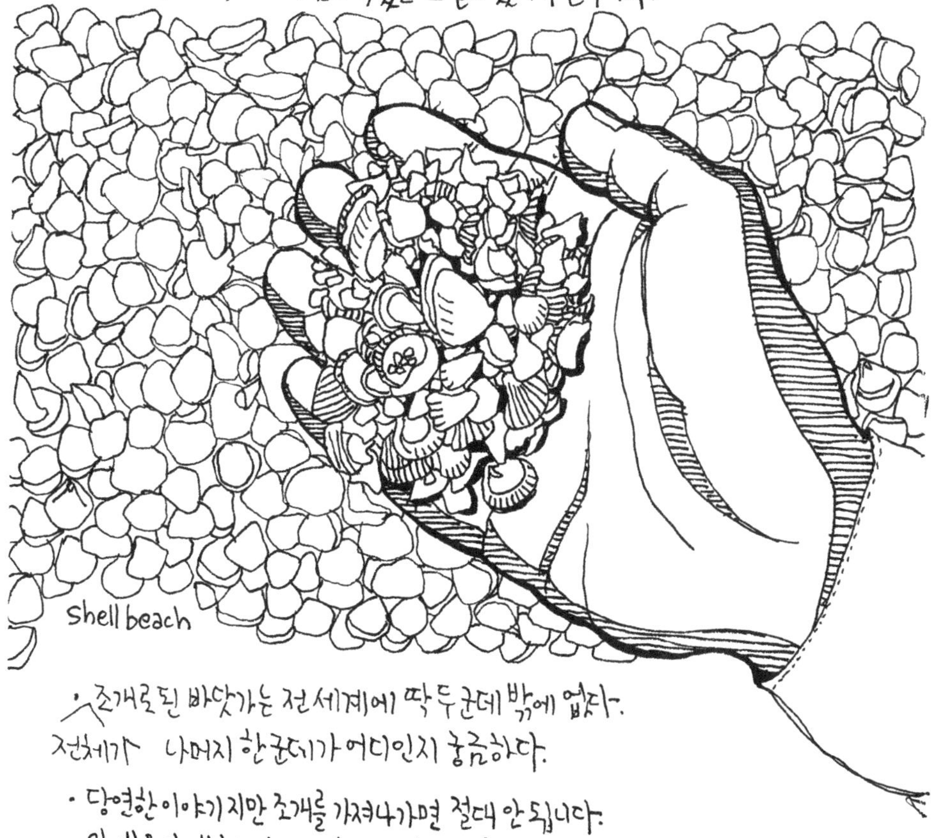

- 전체가 조개로 된 바닷가는 전 세계에 딱 두 군데밖에 없다. 나머지 한 군데가 어디인지 궁금하다.

- 당연한 이야기지만 조개를 가져나가면 절대 안 됩니다. shell은 shell beach에 있을 때 가장 아름답습니다.

어쩌면 호주에서 마지막 노숙이 될지 모른다.

…

모닥불을 피워놓고
미리 냉장고에 넣어두었던 와인을 홀짝거리며
저녁을 함께 먹었다.
모닥불은 마법이었다!

· 어쩌면 호주에서 마지막 노숙이 될지 모른다. 태훈작가와 상의해서 마땅한 장소를 찾아냈다. 마른나뭇가지들이 많고 불도 피울 수 있는 곳이었다. 도착하자마자 형님들은 땔감(!)을 마련했고 태훈작가, 용권이형과 함께 저녁을 준비했다. 이름하여 '냉파', 냉장고 재료 털어먹기를 하였다. 당근, 감자, 양파를 썰어 삶은 뒤 파, 고추, creamy mushroom 남은거를 넣고 카레를 넣었다. 그리고 호벌구운 양고기를 투척했다. 우유를 부어 농도를 맞추었다. 남은 양고기는 올리브, BBQ 소스, 허브를 바른 뒤 고추와 파를 듬뿍 넣고 후라이팬에 구웠다. 모닥불을 피워놓고 형님이 미리 냉장고에 넣어두었던 와인을 홀짝거리며 저녁을 함께 먹었다. 모닥불은 마법이었다!!

eurardy rest area

스트로머톨라이트,
코 랄 베 이,
그리고 퍼스

36

9월 24일 일요일
폭우! 이얏호!! 바람! 앗싸!

호주 첫 번째 정착민은 누구일까? 5만 년 전부터 살던 원주민이다. 그들도 어디선가 옮겨왔다고 한다(원주민들은 인정하지 않는다지만). 그럼 유럽에서 온 첫 번째 정착민은 누구일까. 가장 유력한 사람들에 관한 기록이 칼바리Kalbarri에 남아 있다. 문제는 그들이 결코 원해서 온 것이 아니며, 그 뒤에는 끔찍한 이야기가 숨어 있다는데…….

<서프라이즈>에 나올법한 이야기가 서린 kalbarri.
그리고 바타비아호의 비극까지.
오늘 이동거리: 205km
총 이동거리: 10.566km

호주 첫번째 정착민은 누구일까? 5만년전부터 살던 원주민이다. 그들도 어디선가 옮겨왔다고 한다. (원주민들은 인정하지 않는다지만) 그럼 유럽에서 온 첫번째 정착민은 누구일까. 가장 유력한 사람들에 관한 기록이 kalbarri에 남아있다. 문제는 그들이 결코 원해서 온게 아니라는 사실이며 그 뒤에는 끔찍한 이야기가 숨어있는데...

부지런히 달려 칼바리에 도착하다.

…

마트에서 장을 보니까 밖에선 장대비가 내린다.
옷은 다시 긴팔과 긴바지로 갈아입었다.
짧은 건 이제 안녕이다.

9월 24일 (일) 폭우! 이얏호!! 바람! 앗싸!

· 어젯밤 형님들이 해온 땔감을 모두 태우고 잠자리에 들었다. 잔불정리까지 하고 이 닦고 잠자리에 드니 새벽 2시. 별만 반짝거렸다. 집에서 2시는 일상이었는데 여기는 그야말로 한밤. 그냥 어둡고 까맣고 조용하다. 그래서인지 내가 켜는 불빛이 처음이자 마지막일 때가 많다.

· 부지런히 달려 Kalbarri에 도착하다. 오는 내내 꽃이 피어있었고 끝 모를 들판이 열렸으며 밑둥이 가지런히 정리된 뭉게구름이 피어올랐다. 마트에서 장을 보니까 밖에선 장대비가 내린다. 옷은 다시 긴팔과 긴바지로 갈아입었다. 짧은 건 이제 안녕이다.

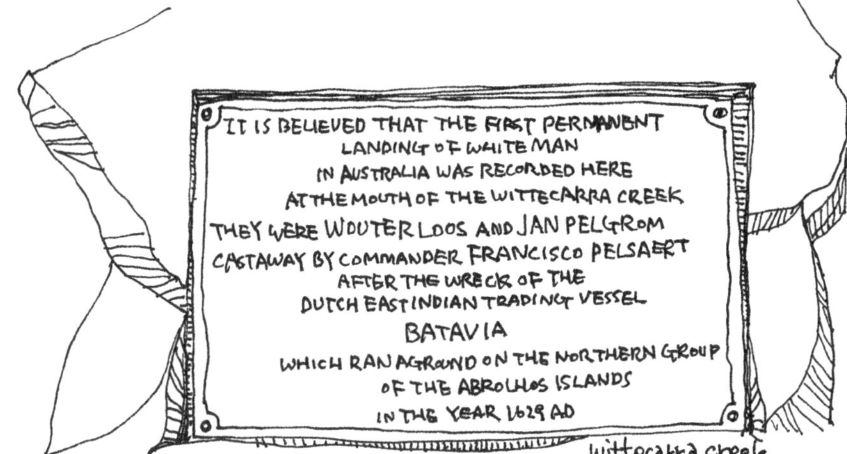

· '바타비아호의 비극' '최초의 유럽인' 놀라운TV 서프라이즈에서 나올법한 이야기를 우연히 발견하다. Kalbarri의 wittecarra creek에 와보니 돌로된 비석과 함께 '호주의 첫번째 정착민?'이란 제목에 그림과 함께 길게 설명되어 있다. 제임스쿡 선장이 공식적으로 호주를 발견하기 전 네덜란드 동인도회사 배가 Kalbarri 앞 섬에 좌초되었다. 배 이름은 '바타비아' 그리고 섬 이름은 (나중에 지은거지만) 'batavia graveyard'. 자세한 이야기는 <미친항해 (바타비아호의 반란)>를 읽으면 된다. 모험과 탐욕, 공포와 배신, 극적인 구출과 죽음 등 극한 상황을 맞딱드렸을 때 사람은 어디까지 잔인해질 수 있는지 보여준다. (돌아가면 읽어야지)

+ <일요일의 역사가> : 바타비아호 이야기가 실려있다.

· 향신료와 보물을 실은 배가 좌초되었다. 선장은 선원 몇 명과 함께 배와 인원을 구하려고 자바로 떠났다. 부선장이 남아 남은 사람들과 보물들을 섬에 내려놓고 지켰다. 그런데 부선장은 좌초되기 전부터 반란을 꿈꾸었다. 보물을 빼앗아 달아나려고 했다. 그런 녀석에게 보물과 남은 사람들을 맡겼으니 비극은 이미 시작된 셈이었다. 작은 산호섬에서 3개월 동안 무려 125명이 죽어 나갔다. 남자, 여자, 어린아이까지 모두. 그런데 부선장이 직접 사람을 죽이거나 죽이라고 명령을 내리지 않았다고 한다. 마이크 대쉬가 지은 <Batavia's Graveyard : 국내 번역서 '미친 항해'>를 읽어보면 그때 그 이야기가 생생하게 묘사되어 있다는. 그리고 홀로 남겨진 두 사람은 어떻게 되었을까? 이야기는 계속되고 덕분에 Kalbarri도 특별해지고.

'여전히'
• 4억 8천만 년 전에 이루어진 지형이다.
그런데도 불구하고 파도가 넘실거리며 힘차게
부서진다. 나이 먹는다는 건 바뀌고 무너지고
쓰러지는 걸 그대로 받아들이는 게 아닐까?
바람은 몸이 휘청거릴 만큼 세다.
kalbarri national park castlecove.

스트로마톨라이트,
코랄 베이,
그리고 퍼스

37

9월 25일 월요일
새벽에는 비가 쏟아졌다. 바람이 무척 분다.

포트 그레고리Port Gregory에는 핑크호Pink Lake가 있다. 왜 핑크색인지 알아봤더니 주변 바다보다 염도가 높고, 기온이 높고, 일조량이 좋으면 녹조류가 베타카로틴을 축적하는데 요게 바로 붉은빛을 띤다고.

pinklake에 흠뻑 빠지고 wreathflower에 감탄하다.
오늘 이동거리 : 4141km
총 이동거리 : 10,980km

pinklake. 왜 핑크색인지 알아봤었더니 주변 바다보다 염도가 높고 기온이 높고 일조량이 좋으면 녹조류가 베타-카로틴을 축적하는데 요게 붉은빛을 띈다고. 또한 호염성세균이 호수바닥 소금층에서 자라 붉은색을 띈다고. 몸에 좋은 성분이라 다양한 제품의 원료로 쓴다고 한다. 그 밖에 새우나 물고기사료에 쓰이는 brine shrimp 와 (당연히) 소금이 생산된다. mullewa는 예정에 없었지만 wreathflower를 볼 수 있다고 해서 급하게 들렀다. 올ㅎ은 선택이었다!

제럴턴에 도착해서 야생화를 보러

다시 물레와로 가다.

이곳은 화관꽃,

학명은 *lechenaultia macrantha*로 유명하다.

비포장도로 갓길에 누가 화환을 던져놓은 듯 피어 있었다.

…

만약 나더러 이름을 붙여보라고 했으면

'꽃방석꽃'이라고 지었을 것이다.

9월 25일 (월) 새벽에는 비가 쏟아졌다. 바람이 무척 분다.

- -

· port gregory 에는 pink lake가 있다. 바닥이나 빛에 의한게 아니라 물속에 특별한 성분이 녹아있기 때문이다. 이 성분은 산업적으로 무척 유용하게 쓰인다고 한다. 보기에도 특별하고 쓰임도 특별한 곳이다. 그림을 그려도 이렇게 색칠하면 욕먹지 않을까 싶을 만큼 비현실적이다.

· geraldton 에 도착해서 야생화를 보러 다시 mullewa 로 가다.
이곳은 wreathflower. 학명은 lechenaultia macrantha 로 유명하다. 비포장도로 갓길에 누가 화환을 던져놓은 듯 피어있었다. 처음에는 이게 뭐야 싶었는데 가까이서 볼수록 눈길이 갔다. 잎은 매우 부드러운 솔기 같다. 잎 속에는 반짝거리는 물방울이 담겨 있다. 꽃은 멀리서 보면 종이로 만든 상추같다. 하지만 엎드려서 코가 닿을 만큼 가까이 가면 서양란과 비슷하다. 한동안 흠뻑 빠져 사진도 찍고 그림도 그렸다. 만약 나보러 이름을 붙여보라고 했으면 '꽃방석꽃' 이라고 지었을 것이다.

· 이 꽃을 보기위해 해외에서 오는 사람도 있다. (우리?)

wreathflower in pindar

from mingenew to dongara

· 차가운 뭉게구름은 슬러쉬처럼 시원해 보인다. 사각사각 성기게 얼어있는 것 같다.
우리나라 소나기구름이 기름지고 풍성하다면, 하늘이, 구름이 눈에 꽉 찬다. 아이맥스다
그리고 무지개는 하루에도 몇 번씩 뜨고 진다. 말이다.
40일간 달린 길 중에서 가장 벅차고 깨끗했으며 결코 지루하지 않았다.

· 사막을 한참 가로지를때는 '여기 두번 다시 올일은 없겠군' 이라고 여기며 달렸다. 예언이라기보다 다짐에 가까웠다. 억세고 낯설고 문득문득 눈이 가지만 사랑스럽지는 않았다. 시간이 흐를수록 못 씻고 못 싸고 하다보니 조금씩 지쳐갔다. 여행이 이제 거의 끝나간다. 내일 저녁이면 perth에 도착한다. 잘 챙기던 물건도 잃어버리고 (한달넘게 썼던 주방용 칼을 어제 캠핑장에 두고 왔다. 오늘 저녁에서야 알았다) 낮에는 졸음이 참을 수 없을 만큼 쏟아진다. 지친것이다. 멋진 바다도, 감춰진 이야기도 매콤한 김찌찌개도 그저 그렇게 느껴진다. 방전되었다. 그럼에도 요며칠 퍼스로 가는 길은 '사랑스럽다.' 사람 손길이 조금 묻어있기에 훨씬 편안해 보인다. 산도 하늘도 들판도 뭉게구름도 무지개도 모두 편안하다. '다음에는 퍼스로 와서 울룰루 거쳐 멜번에 가볼까' 라는 생각이 든다. 길이 마음까지 바꿔놓는다.

· 냉장고를 비우다. 찬장을 비우다. 양념을 최대한 다 쓴다. 꽁치통조림에 남은 김치와 감자, 파, 마늘, 버섯, 호박을 아낌없이 넣어 꽁치김치찌개를 만들다. 형님 입맛을 고려해서 간도 조금 세게 하다. 만화로 치면 피와 살이 튀는 19금정도 되려나. 예상대로 남김없이 맛있게 먹다. 남은 건 생삼겹살을 BBQ소스와 간장, 파, 마늘을 듬뿍 넣고 재워둔 양념고기 한통과 쌀 정도다. 더도덜도 없이 딱 맞아떨어지니까 몹시 상쾌하다.

· 다음 호주에 올때 잊지않고 챙겨야 할 물건. (있으면 덜 지루했을 뻔한)

① 쌍안경: 별도보고 새도 보고 고래도 보고. 일본갈때 대단한녀석으로 장만하자!

② 벌레퇴치장비: 있다면 꼭! 파란불빛에 빠직! 하는 그것!

③ 밥솥: 전기밥솥 있으면 훨씬 수월하게 밥할 수 있다.

④ 휴대용프로젝터: 밤에 영화보면 안성맞춤!

스트로마톨라이트,
코랄 베이,
그리고 퍼스

38

9월 26일 화요일
비 오고 바람 불다가 느닷없이 맑다.

다음에 올 기회가 있다면 퍼스Perth에서 출발해서 코랄 베이나 브룸까지 천천히 다녀보고 싶다. 특히 제럴턴Geraldton에서 물레와Mullewa를 거쳐 퍼스까지 오는 길은 너무 편하고 포근했고 아름다웠다. 피너클스Pinnacles는 마지막 관광으로 손색없었다.

pinnacles desert를 끝으로 드디어 perth에 도착하다.
오늘이동거리 : 379km
총 이동거리 : 11.359km

다음에 올 기회가 있다면 perth에서 출발해서 coral bay나 broome까지 천천히 다녀보고 싶다. 특히 geraldton에서 mullewa를 거쳐 perth까지 오는길은 너무편하고 포근했고 아름다웠다. pinnacles는 마지막 관광으로 손색없었다. 시간과 바람이 만든 선 분위기 물씬 풍기는 거대한 정원같다. 11.359 킬로미터 동안 큰사고없이 올 수 있어서 행복하다. 모두에게 고맙다. 고맙습니다. (나 막내)

인도양이라는 큰 바다는 거대한 에너지다.
그래서인지 날씨는 하루에도 몇 번씩 요동친다.
새벽에는 장대비가 쏟아지고, 아침에는 바람이 분다.
몇 시간 뒤에는 긴팔을 벗어야 할 만큼 덥다.
습기와 열기가 만드는 조합 덕분에
구름이 산뜻하고 혹은 사각사각하게 피어오른다.
마치 봄날 같다.
길가에는 노랑, 하양, 가끔 분홍과 보랏빛 꽃들이 피어오른다.

9월26일(화) 비 오고 바람불다가 느닷없이 맑다.

- 인도양이라는 큰 바다는 거대한 에너지다. 그래서인지 날씨는 하루에도 몇번씩 요동친다. 새벽에는 장대비가 쏟아지고 아침에는 바람이 분다. 몇 시간 뒤에는 긴팔을 벗어야할 만큼 덥다. 습기와 열기가 만드는 조합 덕분에 구름이 산뜻하고 혹은 사각사각하게 피어오른다. 마치 봄날같다. 길가에는 노랑, 하양. 가끔 분홍과 보랏빛 꽃들이 피어오른다.

The pinnacles desert

- 나무뿌리에 모였던 모래가 오랜세월을 거쳐 돌이 되었다는 설과 나무가 파묻혀 화석이 된 다음 바람에 깎였다는 설이 있지만 아직 더 연구해야 된다는. 일본 정원에 와 있는 기분이 든다. 선적인 정서가 물씬 풍긴다.

영만짱
"돌.장.사!"

- 드디어 퍼스 perth에 도착하다! 11,000 킬로, 거의 12,000 킬로미터를 달렸다. 연도에는 우리팀이 온걸 환영하는 인파가 모여 태극기와 호주국기를 든채 환호하였고 건물사이로 꽃가루가 날렸다. 멋진 호주여성들이 무사히 돌아왔다며 시원한 맥주 한잔을 건네주었고 가벼운 키스를 원했지만 정중하게 거절했다…면 좋겠지만 아무 일도 없었다. 조금 차가 더 많은 길로 들어와 조금 더 많은 신호를 기다렸고 조금 더 비싸지만 조금 더 좁은 캐러밴 파크에 주차했다. 샤워장에 가니 더운물이 힘차게 나왔고 물에서는 도시 냄새, 염소가 듬뿍 섞인 수도물 냄새가 진하게 풍겼다. 염소향기가 이렇게 따뜻한 줄 이제야 알았다. 내 고향은 어쨌거나 도시였고 도시냄새에 나는 격렬하게 행복해졌다. 충분히 분에 걸맞는 환영식이었다.

- 내일은 퍼스시내를 돌아다닐 생각이다. 오늘 저녁은 퍼스에서 한식당 셰프로 일하는 용권이형 사촌동생이 한턱냈다. 회, 만두전골에 장어구이까지 푸짐하게 먹었다. 돌아가서 야식하라며 '참이슬'과 '오삼불고기'를 또 싸주었다. 내일 저녁에는 제대로 된 식당에서 와인을 홀짝거리며 긴 여정을 마무리할 계획이다. 태훈각가가 숙제를 내주었다.
  1. 가장 기억나는 곳이나 사건
  2. 가장 힘들었던 사건
  3. 가장 보고싶었던 사람
  4. 가장 행복했던 순간.

영만짤

"이제 좀 한식 좀 먹어보자!" (아침 국, 점심 찌개, 저녁 생선조림이었다는)

in perth

· 국립공원이나 자연이 넘치는 곳으로 갈수록 젊고 어린 친구보다 나이 지긋한 어르신들이 훨씬 눈에 띈다. 우리 기준에 조금 더 나이 들어 보여 그럴 수도 있지만 결코 젊지는 않다. 그런데도 집채만한 트레일러나 캐러밴을 몰고 그것도 모자라 낚시배나 바이크를 싣고 다닌다. 더구나 혼자 다니는 사람도 심심찮게 만난다. '나이 들어 혼자 다니기' 진짜 나이듦을 받아들이는 자세가 아닐런지. 반면 우리나라에서는 혼자 여행은 커녕 혼밥, 혼술도 어려워하는 어르신을 아주 자주 만난다.

독립은 청소년이나 청년에게만 필요한 게 아니다.
매너스플레인 없이 나홀로 즐기며 시간 앞에 당당하기!!

스트로마톨라이트,
코랄 베이,
그리고 퍼스

39

9월 27일 수요일
살짝 흐리지만 결국에 맑다. 이미 알고 있다.

11,000킬로미터, 거의 12,000킬로미터를 달려 퍼스에 도착.
퍼스에서의 아침은 브런치로 해결했다.

9월21일(수) 살짝 흐리지만 결국에 맑다. 이미 알고 있다.

· 오늘 아침은 퍼스에서 브런치로 해결하기로. 매일 아침 거르지 않고 아침준비를 할 때는 몰랐다. 아무것도 안 해도 되는 아침이 이렇게 여유있고 편안한 줄은. 느긋하게 화장실 다녀오고 더운물로 기분좋게 샤워했다. 그 전에 이불 속에서 음악 듣고 페이스북 좋아요를 눌렀다. 캠퍼밴 구조 때문에 내 자리는 항상 부산스럽다. 모든 사람이 잠자리에 들어야 테이블을 접는다. 아침에는 반대로 가장 먼저 테이블을 펴야 앉아서 하루를 시작할 수 있다. 오늘은 예외다. 여유는 내가 만드는 게 아니다. 누군가 날 위해 만들어주는 거다. 그걸 알고 사는지 모르고 사는지 그 차이뿐. (새삼 미안하고 고맙다.)

캐러밴파크에서
일하는 아저씨.
싱가포르에서 왔다며
시종일관 유쾌하게
이야기 나눴다.
보기만 해도 기분좋은
사람 있지요!
바로 그런 사람이었죠.

우리와 함께 달린
캠퍼밴을 소개합니다!

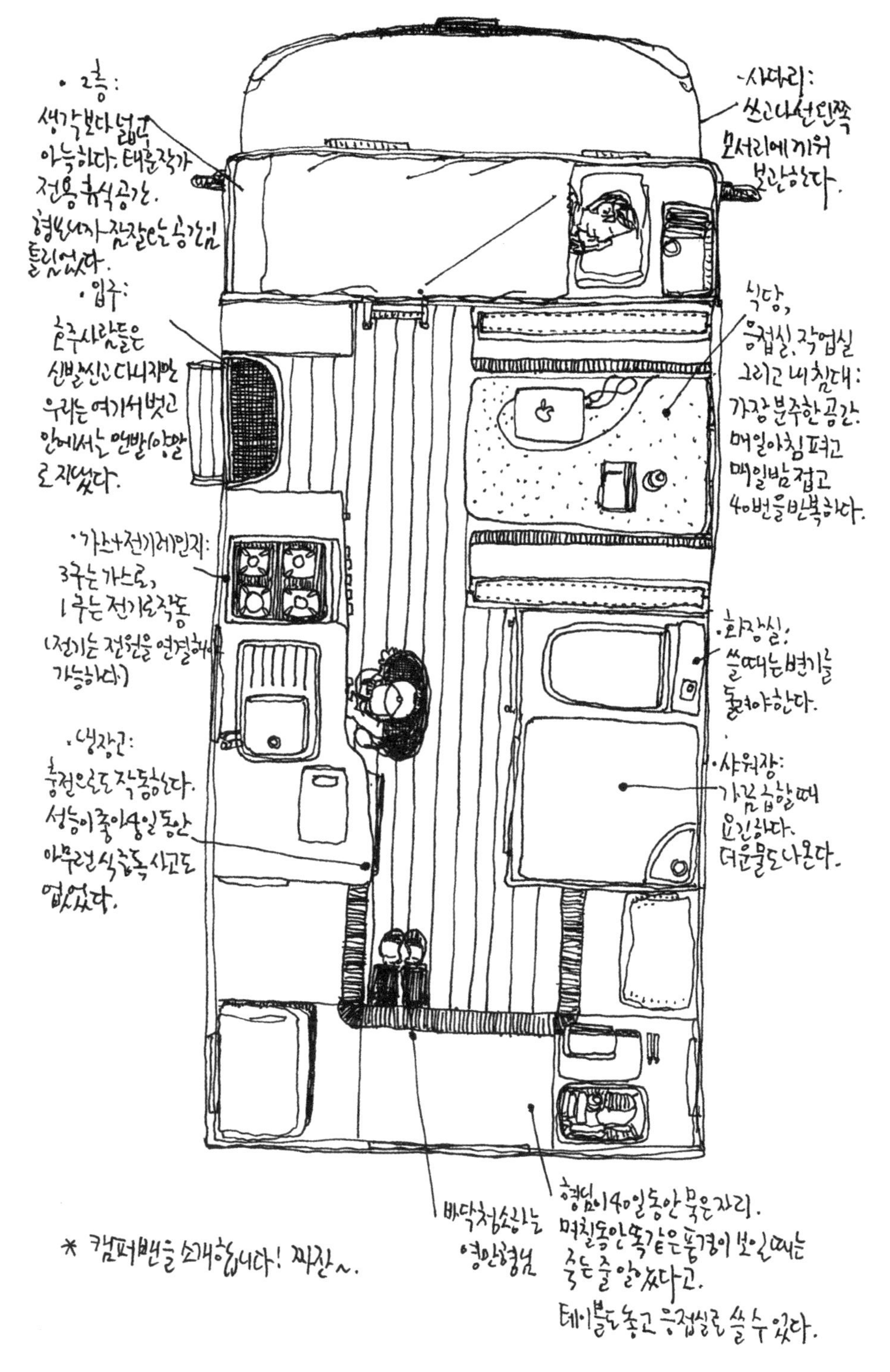
• 2층:
생각보다 넓고
아늑하다. 태훈작가
전용 휴식공간.
형님내자 잠잘만한 공간임
틀림없다.
• 입구:
호주사람들은
신발신고 다니지만
우리는 여기서 벗고
안에서는 맨발/양말
로 지냈다.
• 가스+전기레인지:
3구는 가스로,
1구는 전기로작동
(전기는 전원을 연결해야
가능하다)
• 냉장고:
충전으로도 작동한다.
성능이 좋아 4일동안
아무런 식중독 사고도
없었다.
-사다리:
쓰고나선 왼쪽
모서리에 끼워
보관한다.
식당,
응접실, 작업실
그리고 내 침대:
가장 분주한 공간.
매일아침 펴고
매일밤 접고
40번을 반복하다.
• 화장실:
쓸때는 변기를
돌려야한다.
• 샤워장:
가끔 급할때
요긴하다.
더운물도 나온다.
바닥청소하는
영만형님
형님이 40일동안 묵은자리.
며칠동안 똑같은 풍경이 보일때는
죽는줄 알았다고.
테이블도 놓고 응접실로 쓸 수 있다.
* 캠퍼밴을 소개합니다! 짜잔~.

"그 모자 거기 로드하우스에서 샀어?"

"응. 사막을 가로질렀지."

"미쳤구만. 퍼스는 어때?"

"마지막 목적지인데 담에 또 와야겠어."

"그래. 여기 정말 끝내주거든."

"커피 진짜 맛있어."

"고마워. 여행 잘하고!"

livingstone's urban jungle in perth.

· 도시를 만난다는 건 무슨 뜻일까! 유명한 건물, 이벤트, 친한 친구 아니면 전문가들이 만든 이미지...?. 여행을 하면서 느끼는 건 접점에서 모든 게 결정된다는 거. 즉 커피를 건네주는 손길, 잘 구워낸 베이글, 자신감있게 그공지만 과하지 않은 농담, 가볍지만 무척 호의적인 눈인사 정도가 아닐런지. 게다가 아침을 먹는 편안한 카페까지 있다면 그 도시 결코 미워할 수 없다. 퍼스에는 어반정글이 있다.

서호주 미술관에 들르다.
친구에게 줄 선물부터 산 다음, 천천히 둘러보다.
무엇보다 원주민이 그린 그림이 가장 흥미롭다.
…
때로는 이해하기 어려울 만큼 추상적이기도 하지만,
어떤 작품은 보자마자 단박에 웃음이 나오기도 한다.
로버트 캠벨 주니어가 그린 그림을 보고 한참 웃었다.

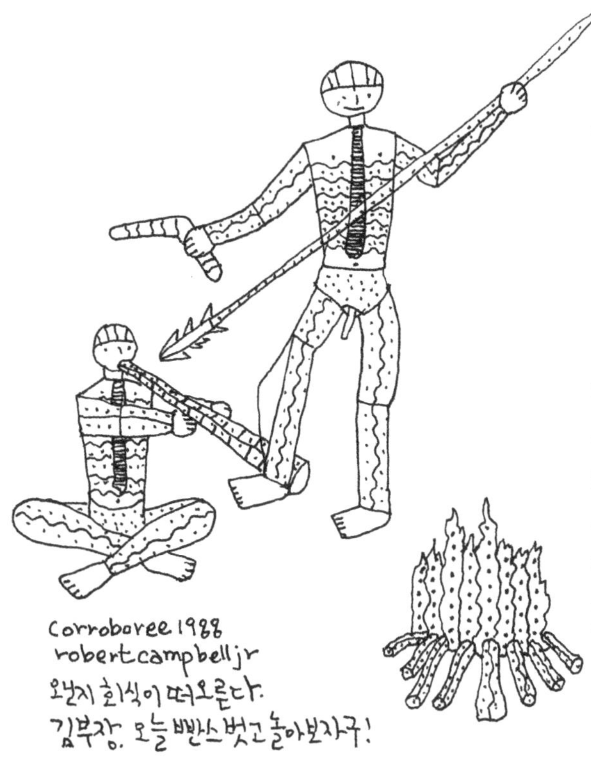

· 서호주미술관에 들르다.
친구에게 줄 선물부터 산다음
천천히 둘러보다. 무엇보다
원주민들이 그린 그림 (현대미술)
가장 흥미롭다. 여기아니면
보기 힘들고 여기서 보면 왜 이런
작품이 나오게 되었는지
어렴풋이나마 짐작할 수 있기
때문이다. 때로는 이해하기
어려울 만큼 추상적이기도 하지만
어떤 작품은 보자마자 단박에
웃음이 나오기도 한다.
robert campbell jr가 그린
그림을 보고 한참 웃었다.
(그렇다고 작품을 우습게 보는 건
결코 아닙니다. 내 안에 있는 무언가를
끄집어내는 아주, 몹시 좋은 작품입니다)

corroboree 1988
robert campbell jr
왠지 회식이 떠오른다.
김부장. 오늘 빤스 벗고 놀아보자구!

※ rebecca cool
australian artist
→ giftshop에서 발견한 작품들.
예쁘다. 사고 싶다. 갖고 싶다!!

퍼스에서 조금 떨어진 오래된 항구인 프리맨틀에 들렀다.
이유는 단 하나,
가장 오래된 펍에서 기막힌 맥주 한잔을 홀짝거리기 위해서다.
어땠냐고? 보시는 것처럼 술맛 나게 생겼다.

sail & anchor
in fremantle.

퍼스에서 조금 떨어진 오래된 항구인 fremantle에 들렀다. 이유는 단 하나.
가장 오래된 펍에서 기막힌 맥주 한잔을 홀짝거리기 위해서다. 어땠냐구!
보시는 것처럼 술맛나게 생겼다. 19세기부터 지금까지 망하지 않고 버텼겠냐구.
세대를 거쳐 지치지 않고 오죽했으면 맥주탭을 쭉쭉 빨아준
전세계 술꾼들을 위하여! (1시간만에 3잔을 마셨더니... 어이쿠)

40 마지막 날

9월 28일 목요일
새벽엔 비, 그러고 나서는 계속 맑다(가 아니라 비!)

9월 28일 (목) 새벽엔 비, 그리고나서는 계속 맑다(라 아니라 비!)

· 8시에 일어난 다음 짐을 쌌다. 여기서 40일 보냈다고 짐이 2배 늘었다. 왜 여행을 하면 짐이 늘어나는지 겪을 때마다 조금 신기하다. 40일 동안 우리를 먹여주던 냉장고를 싹 비웠다. 맛을 책임지던 양념은 모두 바구니에 모아 렌터카 사무실 한켠에 놓아두었다. 모기약, 세제, 퐁퐁, 탈취제도 남겨두었다. 필요한 여행자들은 그냥 가져가면 된다. 40일 동안 사고없이 11,000킬로미터 넘게 달렸다. 가볍게 인사를 건네는 대신 빗자루로 운전석과 실내를 꼼꼼하게 털어주었다. 두번째, 세번째 여행자에게도 좋은 기억을 만들어주기를. 무엇보다 끝까지 안전하게 다녀주길 기원했다.

· 점심을 먹고 이제 내일 저녁까지는 돌아가는 길이다. 뉴질랜드로 조금 일찍 출발하는 태훈작가에 맞춰 공항을 가야 한다. 오후 3시반에 출발해서 그 뒤로는 퍼스 공항 대기, 12시(밤)에 시드니 가는 비행기 탑승, 내일 아침 서울로 가는 비행기로 환승, 10시간 반을 날아가 저녁 6시에 인천공항에 도착한다. 다행히 두꺼운 책을 가지고 왔다. 지겹고 힘들겠지만 느긋하게 버텨보자.

· 가장 기억에 남는 순간은?

데블즈 마블에서 달빛 아래서 그림을 그렸다. 음악을 들으면서. 무척 밝았다.

· 가장 힘들었던 순간은?

미지한테 당한 뒤 1주일 동안. 가려워 미친다는게 무슨 뜻인지 온몸으로 배웠다.

· 가장 보고 싶었던 사람은?

여행이 끝나면 당연히 어머니와 여자친구를 만날테니까 오히려 지금 사소해 보이는 순간순간을 보고 싶게 된다.

· 가장 행복했던 순간은?

브룸에서 바다에 들어갔을 때. 인도양에서부터 넘어온 커다란 파도가 사정없이 싸대기(!)를 날렸다. 너무너무 행복했다!!
(너무 → 짜고 몹시)

여기 아직 퍼스예요.
서울 가려면 14시간 더 가야 해요.

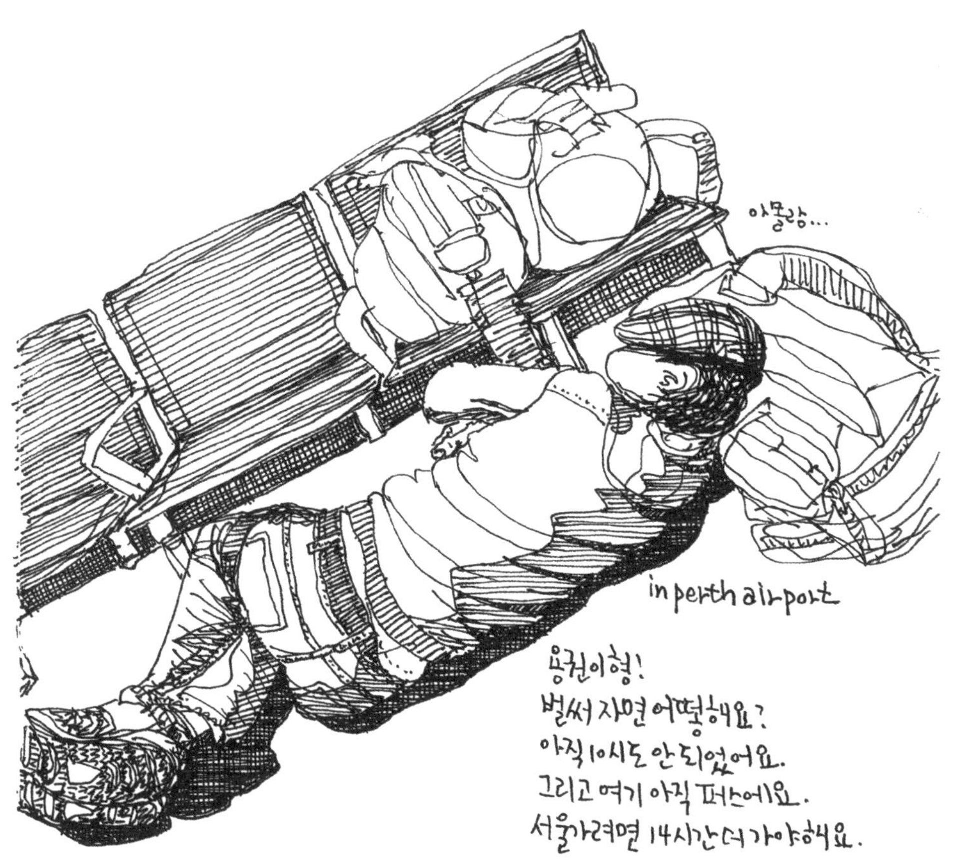
아몰랑…
in perth airport
용권이형!
벌써 자면 어떻해요?
아직 10시도 안되었어요.
그리고 여기 아직 퍼스에요.
서울가려면 14시간 더 가야해요.

8/21 밥장은 밥짱!!
탁탁탁
탁탁
밥장은 이 여행 끝날 때 까지 주방에서 살아야 겠어. 도망치려면 2일 안에 도망쳐. 그 이후는 사막이야 탈출 불가야!

밥장의 진지한 작업태도
스케치북의 페이지를 낭비하지 않는다.

예정에 없던 밥장의 스카우트는 올 상반기 중 제일 잘한 일이었다.

허영만

손으로 쓰고 그린
호주 40일

초판 1쇄 인쇄 2017년 11월 24일
초판 1쇄 발행 2017년 12월 04일

지은이 밥장
펴낸이 신민식

책임편집 정혜지
편집 최연순 이홍림
디자인 임경선
마케팅 최초아
경영지원 백형준 이수정

펴낸곳 가디언
출판등록 제2010-000113호
주소 서울시 마포구 토정로 222 한국출판콘텐츠센터 319호
전화 02-332-4103
팩스 02-332-4111
이메일 gadian7@naver.com
홈페이지 www.sirubooks.com
인쇄·제본 (주)현문자현
종이 월드페이퍼(주)
북디자인 아르떼203

ISBN 978-89-9848-082-0 03810

* 시루는 가디언의 문학·인문 출판 브랜드입니다.

「이 도서의 국립중앙도서관 출판예정도서목록(CIP)은 서지정보유통지원시스템 홈페이지(http://seoji.nl.go.kr)와
국가자료공동목록시스템(http://www.nl.go.kr/kolisnet)에서 이용하실 수 있습니다. (CIP제어번호 : CIP2017030826)」